LER CESÁRIO VERDE

LER MAIS
Coordenação de José Augusto Cardoso Bernardes

AMÉLIA MARIA LOUREIRO CORREIA

LER CESÁRIO VERDE

(NO ENSINO SECUNDÁRIO)

LER CESÁRIO VERDE

AUTOR
AMÉLIA MARIA LOUREIRO CORREIA

EDITOR
EDIÇÕES ALMEDINA, SA
Rua Fernandes Tomás, n.os 76 a 80
3000-167 Coimbra
Tel.: 239 851 904
Fax.: 239 851 901
www.almedina.net
editora@almedina.net

DESIGN DE CAPA
FBA

PRÉ-IMPRESSÃO
EDIÇÕES ALMEDINA, SA

IMPRESSÃO | ACABAMENTO
PAPELMUNDE, SMG, LDA.

DATA
Dezembro 2012

DEPÓSITO LEGAL
352577/12

CRÉDITOS DE IMAGENS
Bridgeman/ AIC – Páginas 83, 84, 87, 88, 91, 92, 94, 95.
Corbis/ VMI – Páginas 85, 90.

A presente publicação, coeditada pelas Edições Almedina
e pelo Centro de Literatura Portuguesa, insere-se nas atividades
do Grupo de Investigação «Literatura Portuguesa» (coord. Prof. Doutora
Maria Helena Santana) do centro de Literatura Portuguesa, Unidade
de I&D financiada pela Fundação para a Ciência e a Tecnologia.

Biblioteca Nacional de Portugal – Catalogação na Publicação
CORREIA, Amélia Maria Loureiro, 1969-
Ler Cesário Verde : (no ensino secundário). – (Ler mais)
ISBN 978-972-40-4943-4

CDU   821.134.3-1Verde, Cesário.09
      371

ÍNDICE

Introdução   7

1. Cesário Verde nos *Curricula* do Ensino Secundário: da Reforma Curricular de 1989 à Revisão Curricular de 2001   13
    1.1. Cesário Verde nos Programas de Português A e B   13
    1.2. Cesário Verde nos Programas de Literatura Portuguesa e de Língua Portuguesa   21

2. Uma (Proposta de) Leitura Literária de Cesário Verde em Contexto Escolar   25
    2.1. Como Abordar Cesário Verde na Sala de Aula?   25
    2.2. *Do(s)* Texto(s) *Para o* Contexto: Um Enquadramento Histórico e Estético-Literário da Poesia de Cesário Verde   29
    2.3. A Representação Pictórica da Realidade: *Intertextualidades*   43
    2.4. O Rasto da Poesia de Cesário Verde   68

3. A Obra dos Impressionistas (em Diálogo com Cesário)   80
    3.1. Paisagens   83
    3.2. Figuras   87
    3.3. Atmosfera Mundana em Finais de Oitocentos: Locais e Eventos de Convívio Social   90
    3.4. Cenas Familiares e Domésticas   94

Conclusão   99

Bibliografia (Comentada)   107

INTRODUÇÃO

> *Ao entardecer, debruçado pela janela,*
> *E sabendo de soslaio que há campos em frente,*
> *Leio até me arderem os olhos*
> *O livro de Cesário Verde.*
> Alberto Caeiro

Cesário Verde, *poeta-pintor* da cidade de Lisboa, constitui uma referência singular no panorama literário português de finais de oitocentos. Os seus poemas, reunidos em *O Livro de Cesário Verde* por iniciativa de Silva Pinto, são exemplo de um lirismo que reúne matizes das várias correntes ou movimentos que o caracterizam sem deixar, a um tempo, de se mostrar original e inovador. O estro de Cesário Verde transparece nos versos de «Num Bairro Moderno», «Nós», «Cristalizações» ou «O Sentimento dum Ocidental» para só citarmos algumas das suas criações mais conhecidas.[1]

O estudo que se apresenta nas páginas subsequentes a esta Introdução inicia por uma reflexão

---

[1] Adotaremos no presente estudo uma grafia em conformidade com o Novo Acordo Ortográfico. Manteremos nos textos citados a grafia original dos mesmos.

em torno do lugar que é (e tem sido) atribuído ao poeta Cesário Verde nos *curricula* do Ensino Secundário. Incidindo no confronto entre os Programas de Literatura e de Língua Portuguesas em vigor nas nossas escolas e os Programas de Português A e B que imediatamente os precederam (o nosso texto, abrangerá, por conseguinte, em termos cronológicos, o período que decorre de 1991, ano de homologação dos programas que dão cumprimento à Reforma Curricular de 1989, até aos nossos dias, momento de vigência da Revisão Curricular de 2001). Procuraremos resposta(s) para questões que se prendem com a prática da Leitura Literária em contexto escolar e, particularmente, com o estudo da obra de um dos nomes de maior destaque na Poesia finissecular em Portugal. *Que lugar ocupa a Leitura Literária nos Programas? É privilegiada ou secundarizada relativamente ao trabalho com outros tipos de textos? E Cesário Verde? Como se propõe a abordagem da sua obra? Que orientações metodológicas se apresentam? Que aspetos se privilegiam? São sumariados itens norteadores de interpretação e análise da sua poesia? O autor de «O Sentimento dum Ocidental» integra o corpus de leituras metódicas obrigatórias dos programas ou tão-só aparece como fazendo parte do elenco de autores sugeridos no âmbito das "leituras extensivas"? Pressu-*

põe-se o enquadramento da obra do poeta no contexto histórico-cultural em que emerge ou privilegia-se um estudo centrado nos seus elementos intratextuais?... Eis algumas das questões que por ora se nos colocam e motivam uma leitura mais atenta dos programas. O foco central do nosso trabalho situa-se em torno dos parâmetros privilegiados e das perspetivas de leitura e de análise literárias valorizados *nos* e/ou *a partir dos* textos do poeta.

Em momento subsequente, apresentar-se-á uma proposta de Leitura Literária de Cesário Verde em contexto escolar, seguindo uma metodologia assente num processo de interação na sala de aula, fomentada pela curiosidade dos alunos e visando uma construção progressiva *do(s) sentido(s)* do texto, mediante a qual o aluno formula, antecipa, corrige e/ou confirma hipóteses interpretativas sem se limitar a uma simplista descodificação linear do que leu[2].

---

[2] Sublinha-se que esta proposta de Leitura Literária privilegiará aspetos relativos ao estudo da Poesia de Cesário Verde não contemplados ou menos valorizados nos atuais Programas de Literatura Portuguesa e de Língua Portuguesa (vigentes desde 2003/2004).

Assim, começaremos por uma discriminação de eventuais dilemas surgidos em fase de preparação de um lecionar cuidado e refletido da obra de Cesário Verde. Seguir-se-á uma abordagem didático-pedagógica, privilegiando o *contexto* e a(s) *intertextualidade(s)* no estudo de poemas cesarinos com o claro intuito de uma conciliação entre os *saberes* (mais privilegiados por anteriores *curricula* do Ensino Secundário em Portugal) e as *competências* (às quais os atuais programas dão primazia) a adquirir no processo da leitura literária. Por último, procurar-se-á um conhecimento mais aprofundado do sentido e da expressão ou do valor estético da obra de Cesário Verde, mediante a sua projeção nas produções literárias das gerações que expressamente o evocaram ou *aprenderam* a sua *lição* seguindo os seus *passos* de forma mais ou menos explícita, de forma mais ou menos consciente. A *modernidade* da poesia de Cesário será, assim, evidenciada por justamente nela crermos residir um dos fatores explicativos da sua permanência no cânone literário escolar. Uma intertextualidade que procurará, tanto quanto possível, um enriquecimento da leitura da produção poética de Cesário Verde (e não um afastamento desta colocando o enfoque na criação de outros).

Ler Cesário Verde (no Ensino Secundário) pretenderá ser, por conseguinte, uma proposta de aproximação que procura aliar – na linha do espírito que anima os mais recentes estudos realizados no âmbito das Relações entre as Artes – poesia e pintura, fazendo sobressair (entre outros aspetos a referir) as potencialidades pedagógicas do conhecimento da(s) criação(ões) dos Impressionistas para a clarificação de *sentido(s)* e/ou a valoração estética da obra que nos legou. O que se pretende é que *outro(s) olhar(es)* sobre o poeta e os textos que escreveu resultem eventualmente enriquecedores e/ou motivadores de um *novo olhar* apelando a leituras sempre renovadas. Porque aqui reside, cremos, o fascínio da Literatura...

1. CESÁRIO VERDE NOS *CURRICULA* DO ENSINO SECUNDÁRIO: DA REFORMA CURRICULAR DE 1989 À REVISÃO CURRICULAR DE 2001

1.1. Cesário Verde nos Programas de Português A e B[3]

Aquando da Reforma Curricular de 1989, foram homologados os Programas A e B para regulação das atividades letivas na disciplina de Português em contexto escolar do Ensino Secundário.

No Programa de **Português A**, Cesário Verde surge como conteúdo a abordar no 12.º ano, no âmbito da Poesia Lírica e Satírica[4], ao lado de outros nomes representativos do nosso panorama

---

[3] Programas de Português A (Curso de Humanidades) e Português B (restantes Cursos) aprovados pelo Despacho n.º 124/ME/91, de 31 de julho, e Programas de Português A e B homologados em janeiro de 1997 (em vigor, portanto, até à presente Revisão Curricular).

[4] A Leitura Literária estrutura-se em torno de critérios de classificação genológica dos textos. Além da **Poesia Lírica e Satírica**, o programa inclui as rubricas **Texto Narrativo**, **Texto Dramático** e **Texto Argumentativo**.

literário oitocentista. Segue-se o estudo de outras criações de diferentes autores e épocas diversas.[5]

No Programa de **Português B**, Cesário Verde integra igualmente o *corpus* de leitura obrigatória no 12.º ano de escolaridade no âmbito da Poesia Lírica e Satírica. Esta rubrica é, porém, mais abrangente que a do programa destinado aos alunos frequentadores do Curso de Humanidades porquanto inclui o estudo de nomes representativos deste género literário num período temporal muito mais alargado. Assim, Cesário Verde surge ao lado de Antero de Quental na representação da produção poética do século XIX, antecedido de nomes e produções ilustrativos da escrita literária dos séculos XVI e XVII. As criações do século XX seriam dadas a conhecer aos alunos por um elenco extensíssimo de autores de diversificado estilo.

Apontando ambos os programas para o estudo de diferenciadas tipologias textuais, não deixam, porém, de privilegiar o estudo do texto literário na

---

[5] Quase sem exceção, os autores e as obras em estudo surgem sequenciados obedecendo a uma ordem lógica, temporal. Na rubrica *Distribuição das Leituras* indica-se que «As obras nacionais indicadas para leitura obrigatória (...) hão-de, em simultâneo, salvaguardar o tratamento das temáticas e a perspectivação do panorama diacrónico e sincrónico da literatura portuguesa.» (36).

aula de Português por contemplar «o estímulo e o desenvolvimento da reflexão crítica, da sensibilidade estética e da imaginação», justificando-se «o relevo que lhe é conferido pela importância de que se reveste na formação humana e cultural.»[6].

Sobre a Leitura da Poesia em particular, destacam-se em ambos os programas as virtualidades pedagógicas de que se reveste, particularmente na aquisição de «mais competência linguística e literária» por parte do aluno[7].

Os *Critérios de Seleção* das Leituras[8] sublinham (de novo em ambos os documentos) a importância do estudo do texto literário – quer numa vertente mais erudita quer em manifestações artísticas de feição mais popular – na formação humana e cívica do aluno (e independentemente, portanto, da Área

---

[6] Ver Programas de Português A e B, páginas 61 e 123 (respetivamente). Mais uma vez cumpre notar que, no que respeita ao lugar de relevo devido ao texto literário na aula de Português, não existe qualquer diferenciação nos dois programas independentemente de se tratar de alunos da Área de Humanidades ou de quaisquer outras áreas de estudos.

[7] Ver Programas de Português A e B, páginas 63 e 125 (respetivamente).

[8] Mais desenvolvidamente explanados no Programa de Português A.

de Estudos ou Curso que frequentam...)[9], definindo a literatura como «expressão da experiência humana» que permite ao aluno «alicerçar a autonomia da sua formação e da sua cultura» e ampliar «as suas possibilidades de pensar, sentir, agir e comunicar como pessoa e cidadão responsável e, ao mesmo tempo, participante de ideias e valores comuns e intemporais.»[10]. Ambos põem a tónica num estudo contextualizado do texto literário e não preferencialmente centrado em aspetos de uma especificidade distintiva em relação a outras tipologias textuais: «No final do Ensino Secundário, o aluno deverá ter, numa perspectiva diacrónica e sincrónica, a visão panorâmica clara da Literatura Portuguesa(...)»[11].

---

[9] O que consideramos não acontecer (ou pelo menos não tão visivelmente...) nos programas atuais.

[10] Ver Programa, página 34.

[11] Ver Programas de Português A e B, páginas 35 e 96 (respetivamente). Notamos que no Programa de Português A se pretende que esta visão panorâmica da Literatura Portuguesa permita ao aluno «distinguir e caracterizar, nas suas linhas-mestras, épocas, períodos e correntes da nossa história literária e nesta situar os autores e obras lidos com fundamento estético-literário, ideológico e histórico-cultural» enquanto no Programa de Português B mais simplificadamente se exige apenas que o aluno saiba «distinguir e caracterizar, no essencial, épocas e períodos e nestes situar os autores e obras lidas». Os sublinhados são nossos e pretendem relevar um estudo do texto literário de maior aprofundamento ou "cientificidade" no Programa do Curso de Humanidades.

O conjunto de textos e autores selecionados como *corpus* nuclear de Leitura Metódica não é significativamente alterado pelos *ajustamentos* a que estes programas foram sujeitos em janeiro de **1997**. No Programa de **Português A**, Cesário Verde continua a integrar o conjunto de textos estabelecidos para leitura metódica e obrigatória no mesmo ano de escolaridade. Ao invés de integrar o conjunto mais amplo de autores representativos da Poesia Lírica e Satírica oitocentista, o poeta de «O Sentimento dum Ocidental» surge no âmbito de um conteúdo programático de abrangência mais restrita (que justamente ganha por mais específico) – a Poesia «finissecular» e poesia simbolista – ao lado de Guerra Junqueiro, António Nobre e Camilo Pessanha. A seriação dos textos para leitura metódica e obrigatória segue uma ordem cronológica com pontuais referências a aspetos da sua "arrumação" em termos de periodização literária. A nota que se segue ao elenco de autores e obras que dele constam, em jeito de advertência, sublinha de novo a importância do conhecimento do contexto para uma apreensão plena do sentido do texto e mostra como a abordagem de outras tipologias textuais nos programas que ora analisamos é feita *em função* do texto literário, *a partir* deste e nunca sobrepondo-se-lhe ou sequer equiparando-se-lhe[12].

No Programa de **Português B**, Cesário Verde constitui o primeiro conteúdo programático a abordar do *corpus* de leituras metódicas no 12.º ano. O nome do poeta aparece seguido da indicação sumária «alguns poemas» mas não é dada qualquer indicação relativa ao período cronológico ou literário (ou sequer temática) que ilustra. A redução do número de textos a ler obrigatoriamente, relativamente ao programa de 91, tem por objetivo (como pode ler-se em nota antecedente à indicação dos autores e obras a estudar) «libertar espaço para mais actividades no âmbito do funcionamento da língua e da escrita»[13].

---

[12] «Todos os autores/obras/textos deverão ser integrados no respectivo contexto histórico, social, cultural. Para que tal integração se faça, os professores e os alunos deverão mobilizar textos não-literários, de diferentes tipologias textuais (textos de História, de história da cultura, de crítica literária, biografias, etc.) que façam interagir com os textos literários. (...)» (p. 45).

[13] Ver Programa, página 107. Esta nota inclui também a seguinte indicação: «(Além destes textos, de leitura metódica obrigatória, deverão ser lidos todos aqueles – sugeridos na lista para leitura extensiva ou outros – susceptíveis de com eles agirem intertextualmente, em relações de similitude, contraste ou explicitação, reflectindo as mesmas temáticas, explicando-os ou contextualizando-os (exemplo de como os temas permanecem e/ou se alteram confor-

Os programas de 1997 (contrariamente aos anteriores) incluem sugestões de tópicos para os textos de leitura obrigatória, quer na disciplina de Português A quer na disciplina de Português B.[14] No ponto referente aos *Critérios de seleção* das leituras metódicas (obrigatórias), o Programa de Português A, ajustado em 97, reitera a importância da história literária e do contributo do seu objeto de estudo no que respeita a uma educação literária básica que a disciplina, no contexto do Ensino Secundário, deverá proporcionar ao aluno[15]. Já o Programa de Português B, quando define os mesmos critérios, coloca a tónica no estudo dos aspetos de conteúdo dos textos selecionados sobrepondo-o ao ensino sistemático da história literária (que se

me o tempo: poemas de José Régio, Manuel Alegre, Jorge de Sena, Eugénio de Andrade, Joaquim Pessoa, entre outros, podem ser lidos para introduzir a poesia trovadoresca, p.e.)».

[14] No que respeita a Cesário Verde e à abordagem da sua poesia em contexto escolar, discriminam-se os seguintes tópicos ou itens: *Poetização do real (objectividade/subjectividade); o quotidiano na poesia; apreensão impressionista do real; relacionamento estético com a imagética feminina; binómio cidade/campo (dialéctica das experiências campestres e urbanas); subjectividade do tempo e da morte; questão social: realismo de intenção basicamente naturalista; inovação da arte poética: modelo de naturalidade e de sereno realismo visual; prosaísmo realista e visionarismo impressionista.*

[15] Ver Programa, página 29.

privilegia na disciplina de Português A) sem deixar, contudo, de valorizar uma visão diacrónica, ainda que sumária, no processo de ensino/aprendizagem da literatura[16].

Face ao exposto, vemos como os programas homologados em 91 e depois ajustados em 97, concebidos no âmbito da Reforma Curricular de 1989, privilegiam em ambas as disciplinas – Português A e Português B – o estudo do texto literário relativamente a outras tipologias diversificadas que, não deixando de ser abordadas, são incluídas no processo de ensino/aprendizagem deste nível de ensino interagindo com aquele sem se lhe sobrepor. A Leitura Literária, mais aprofundada ou não tão exigente em termos do domínio de conceitos no âmbito da Teorização ou da História Literárias, não deixa de ocupar o lugar de primazia que lhe compete na aula de Português. Quanto a Cesário Verde, consideramos ter-lhe sido reconhecido um lugar de destaque relativamente a outros que, como ele, figuravam no *corpus* textual representativo da poesia oitocentista mas se viram excluídos nos ajustamentos do programa em 97. O elenco dos tópicos a abordar afigura-se-nos pertinente, ainda

---

[16] Ver Programa, página 93.

que (à exceção do último tópico do Programa de Português A correspondente aos dois últimos no Programa de Português B) possa parecer demasiadamente centrado nos aspetos de conteúdo.

Atentemos, pois, no lugar particular que Cesário Verde ocupa nos Programas de Literatura e de Língua Portuguesa atuais e no espaço que nos mesmos se reserva para a Leitura Literária, num âmbito mais genérico.

1.2. Cesário Verde nos Programas de Literatura Portuguesa e de Língua Portuguesa

O Programa de **Literatura Portuguesa**, homologado em março de **2001**[17], integra, na sua estrutura, dois Módulos de aprendizagem para o 11.º ano de escolaridade: o Módulo 1, intitulado *Romantismo, Realismo e Simbolismo*; o Módulo 2, com a designação de *De Orpheu à Contemporaneidade*. Em cada um dos módulos é apresentado o elenco dos autores a estudar, encontrando-se estes agrupados

---

[17] Programa (da autoria de Maria da Conceição Coelho – coordenadora, Maria Cristina Serôdio e Maria Joana Campos) em vigor nas escolas do Ensino Secundário. A disciplina de Literatura Portuguesa integra apenas os *curricula* dos alunos dos 10.º e 11.º anos de escolaridade do Curso Geral de Línguas e Literaturas.

segundo critérios de classificação genológica dos textos que criaram. Cesário Verde integra, naturalmente, o Módulo 1 ao lado de outros nomes que se destacaram na poesia finissecular de oitocentos. Se o texto literário tem aqui o lugar de relevo que cremos de incontornável exigência num Programa de Literatura Portuguesa, não deixa de ser curioso notar como nele se enfatizam precisamente as «realizações mais potenciadas da língua» e se insinua, ainda que de forma muito subtil, um seu estudo privilegiando a componente linguística[18]. A importância de um estudo do contexto é reconhecida, sublinhando-se, porém, que «a informação contextual (...) deve ser convocada com o texto e depois do texto, para que não se crie uma visão enciclopédica, cujos conceitos se centrem exclusivamente na historiografia literária». Sobre a Teoria Literária, termos e conceitos que lhe estão associa-

---

[18] O ponto 3 – **Desenvolvimento do Programa** – inicia com o parágrafo: «O texto literário é, obviamente, o objecto do ensino/aprendizagem da literatura portuguesa na medida em que inclui as realizações mais potenciadas da língua e permite o apuramento de valores estéticos e culturais, factores onde radicam as finalidades e os objectivos desta disciplina. Ao texto literário dá-se, pois, um lugar de relevo, elegendo-o como conteúdo fundamental, dele decorrendo outros, tais como a informação contextual e cultural e a teoria e terminologias literárias.» (p. 9).

dos, sublinha-se que «constituem um instrumento mediador e não conteúdo primordial, pelo que deve evitar-se utilizar os textos apenas para veicular certas nomenclaturas, devendo estas, no entanto, ser convocadas de acordo com os textos e com as estritas necessidades do discurso analítico.»[19].

O Programa de **Língua Portuguesa**, homologado em maio de **2001** para o 10.º ano e em março de **2002** para os 11.º e 12.º anos de escolaridade do Ensino Secundário, integra (como o anterior) a poesia de Cesário Verde no *corpus* das leituras literárias da disciplina no 11.º ano de escolaridade. Num programa que institui a *Leitura* como uma das competências nucleares do processo de ensino/aprendizagem da Língua Portuguesa e estabelece, neste domínio, uma distinção entre conteúdos *processuais* e *declarativos*, Cesário Verde surge inserido num elenco variadíssimo de autores e de textos que ilustram diferentes tipologias. Apesar de tudo, não existe qualquer indicação explícita de um seu enquadramento em termos de periodização literária. O quadro apresentado no ponto **3.2. Gestão do Programa**[20] referente à Sequência de

---

[19] Ver Programa, página 9.
[20] Ver Programa, página 59.

Ensino-Aprendizagem na qual se insere o estudo de Cesário Verde – designadamente por não incluir referência(s) a uma dimensão histórico-cultural – permite inferir que a criação literária do poeta é colocada no mesmo patamar de qualquer outro texto previsto para lecionação. É ainda reconhecida neste programa a necessidade de convocar informação contextual e cultural na leitura do texto literário mas a indicação de que deverá ser evitada «a excessiva referência à história da Literatura ou contextualizações prolongadas» deixa subentendidas reservas quanto às potencialidades pedagógicas que lhe estão associadas[21].

---

[21] Ver Programa, página 24. As reservas demonstradas são, a nosso ver, desnecessárias num tempo em que a História Literária, como lembra José Augusto Cardoso Bernardes no seu estudo intitulado *A Literatura no Ensino Secundário. Outros Caminhos*, não se reduz já a uma «prática estiolada» de privilégio de um historicismo excessivo no estudo dos textos, sublinhando mesmo que um possível «erro» dos programas atuais poderá residir no facto de «não se ter acompanhado suficientemente a evolução da história literária, retendo dela aquilo que ainda hoje parece indispensável em termos de conhecimento patrimonial, encontrando, ao mesmo tempo, maneiras de a fazer conviver com outras disciplinas dos estudos literários, também eles crescentemente abertos a áreas como a antropologia ou a sociologia (e já não apenas à Linguística e à Retórica)» (Bernardes, 2005: 15 e 16).

Face ao exposto, não será difícil apercebermo-nos do quão distantes estamos do reconhecimento do lugar específico a atribuir ao texto literário declaradamente expresso nos Programas de Português A e B homologados em 1991.[22]

2. Uma (Proposta de) Leitura de Cesário Verde em Contexto Escolar

2.1. Como abordar Cesário Verde na Sala de Aula?

Serão naturalmente diversos os dilemas que poderão ser sentidos por quem se dispõe a lecionar a Poesia de Cesário Verde em contexto escolar. Na impossibilidade de os referenciar (ou até mesmo de os *prever* a todos...), faremos incidir a nossa reflexão

---

[22] A leitura dos Programas vigentes durante o mesmo período temporal (1989 a 2001) e destinados à regulação das atividades letivas no Ensino Noturno – **Programa de Literatura Portuguesa por Unidades Capitalizáveis**, homologado em 1996 e **Programa de Português por Módulos Capitalizáveis**, homologado em julho de 2005 (constituindo uma adaptação do Programa de Língua Portuguesa analisado no presente ponto) – ilustram as mesmas diferenças observadas nos Programas do Ensino Diurno e conduzem, consequentemente, à extração de conclusões similares. Abstemo-nos, por este motivo, de proceder a uma análise desses documentos.

em três dilemas que se nos afiguram tradutores de (algumas) dúvidas e/ou hesitações eventualmente recorrentes a propósito da matéria em estudo.

O primeiro desses dilemas centra-se em torno do *texto* e do *contexto* e da relação dialógica que entre ambos deve ser estabelecida. Com legitimidade se poderá colocar ao professor a questão de saber se será pertinente ou adequada a convocação de um conjunto de referências histórias, ideológicas, estéticas (ou outras) para o estudo do texto literário na aula de Português, sobretudo quando confrontado – **hoje** – com um documento de orientação da sua prática letiva que adverte para a necessidade de se evitarem «contextualizações prolongadas» ou «a excessiva referência à história da Literatura»[23]. Se tais reservas quanto às potencialidades pedagógicas de um estudo do contexto forem vencidas e o professor recusar a leitura de um texto literário em sala de aula sem o envolver no respetivo «lastro cultural inerente à sua criação e à sua recepção» (Bernardes, 2005: p.19), outra(s) questão(ões) se coloca(m) decorrente(s) do dile-

---

[23] Referimo-nos aos atuais Programas de Língua Portuguesa do Ensino Secundário criados no âmbito da Revisão Curricular de 2001. As expressões transcritas encontram-se na *Apresentação* do documento (página 24).

ma inicial: *Em que momento se deverá convocar a informação contextual e cultural que rodeia o texto? Quando se revelará pedagogicamente mais eficaz esse conhecimento –* **antes** *do estudo (ou até mesmo de uma primeira leitura) do texto;* **com** *e* **a partir** *do texto, acompanhando o respetivo processo de interpretação e análise;* **após** *o seu estudo, em jeito de matéria complementar que promove um saber enriquecedor para um entendimento pleno (ou mais potenciado) do(s) sentido(s) que encerra?*

Um segundo dilema poderá residir na opção a tomar relativamente aos aspetos a privilegiar numa abordagem didático-pedagógica do texto. *Deverá ser concedida primazia aos aspetos de natureza ideológica, axiológica ou semântica do texto? Ou, inversamente, deverá ser atribuído um maior relevo a aspetos de ordem formal e estilística do mesmo? Sendo os versos de Cesário por alguns considerados ilustrativos do rigor sintático e da perfeição formal da arte parnasiana em Portugal, deverá a tónica colocar-se em aspetos de uma descrição retórico-formal dos textos em estudo? Sendo por outros privilegiadamente entendido como representante do realismo lírico, que relevo conceder à questão social ou a outras temáticas de significativa recorrência na sua obra? Se a objetividade plástica dos seus poemas ou o real que nos oferece em pequenos* **flagrantes** *– lembrando quadros impressionistas – são pretexto ou ponto de partida* para sugestivas transfigurações do real, que espaço conceder a uma reflexão sobre o posicionamento de Cesário face às dominantes estético-literárias de finais de oitocentos? *Será ambiciosa uma leitura de Cesário evidenciando o que na sua obra se apresenta como* **antecipação** *de orientações literárias futuras ou deve antes optar-se pela manifestação de sensata resistência do professor, recusando leituras simplistas que não vão muito além de análises descritivas e retiram à obra de autores consagrados a densidade que os nobilita (e, por conseguinte, distingue o texto literário de outros tipos de discurso)?*

O terceiro e último dilema prende-se com a questão da(s) *intertextualidade(s)* ou do *diálogo* que um texto em estudo pode suscitar (por afinidades temáticas ou outras...) com outros textos de diferentes épocas e de diversos autores ou até (numa esfera mais abrangente porquanto ultrapassa o domínio especificamente literário) com outras manifestações de expressão artística. *No que respeita a Cesário Verde, em particular, poderá revelar-se enriquecedora uma leitura* em diálogo *com textos de poetas coevos para um enquadramento no panorama oitocentista das letras europeias (por exemplo, Charles Baudelaire...)? Ou uma leitura dinâmica por aproximação a textos de outros autores que, em relação ao poeta, expressaram a sua ad-*

miração de discípulos ou nos seus versos leram um modo próprio e novo de fazer poesia (designadamente, Alberto Caeiro, Álvaro de Campos, Sophia de Mello Breyner Andresen, Nuno Júdice, ...)? Ou, por uma ótica pictural impossível de ignorar em alguns dos melhores poemas que escreveu, evidenciar uma técnica de apropriação do real similar à dos pintores impressionistas? Ou deverá antes o professor centrar-se unicamente em vetores essenciais da poesia de Cesário como os indicados no atual Programa de Língua Portuguesa no Ensino Secundário?[24]

Às questões e dilemas colocados procuraremos dar resposta no ponto seguinte do presente estudo.

2.2. *Do(s)* Texto(s) *para o* Contexto: um enquadramento histórico e estético-literário da Poesia de Cesário Verde

A metodologia de leitura que propomos privilegia uma perspetiva histórico-literária e intenta não permanecer limitada a análises meramente descritivas de temas predominantes ou de realizações mais potenciadas da língua. Faremos incidir o nos-

---

[24] Cf. Programa surgido no âmbito da Revisão Curricular de 2001 (p.41).

so estudo em alguns textos da maturidade poética do autor, convocando – sempre que se nos afigurar necessário – passagens ou excertos ilustrativos das reflexões que os mesmos venham a suscitar.

Assim, após a leitura expressiva do texto em estudo – que deverá ser feita pelo professor, dado poder constituir para o aluno um primeiro contacto com o autor e o seu modo próprio de escrita – impõe-se um primeiro momento de diálogo na sala de aula para expressão de reações pessoais, de simples adesão (ou não) ao ouvido. A primeira impressão de Cesário destacada pelo aluno poderá ser a de um poeta do quotidiano citadino ou (como por muitos é ainda hoje considerado) a do *poeta, por excelência, de Lisboa*. Diferenciados versos de conhecidos poemas que criou serão eventualmente referidos pelo aluno como dignos da sua atenção ou, ao invés, destacados pelo professor para *espicaçar* o primeiro e nele suscitar a curiosidade, o desejo de *saber mais* acerca da Lisboa que se oferecia ao olhar de Cesário sendo naturalmente, distinta da que hoje nos é dado observar. E – porque o aluno é tanto mais competente como leitor quanto mais abrangente for o seu conhecimento relativo ao tema ou aos assuntos abordados no texto – **À Procura da Lisboa de Cesário** poderia constituir o tema para um trabalho de pesquisa bibliográfica, permitindo-lhe obter informação sobre a realidade socioeconómica vivida na capital portuguesa de finais de oitocentos, em pleno período de implementação da política de desenvolvimento a que se convencionou chamar *Fontismo*[25]. O mesmo trabalho poderá incluir e/ou complementar-se com uma pesquisa fotográfica incidente em imagens da época que os alunos encontrarão, por exemplo, na obra de olissipografia de Marina Tavares Dias.[26] Assim se sensibilizará o aluno para uma perceção de Cesário como o *repórter verbal (e poeta)* dos mes-

---

[25] Poderia ser sugerida ao aluno a consulta de obras como *Introdução à História do Nosso Tempo – Do Antigo Regime aos Nossos Dias* ou *História de Portugal* (Quinto Volume) nas quais, respetivamente, René Rémond e José Mattoso se pronunciam sobre as vivências e os males sociais decorrentes das transformações havidas nos grandes centros urbanos nas derradeiras décadas do século XIX. Deste modo se proporciona também ao aluno o contacto com outras tipologias textuais – neste caso, o registo ou texto historiográfico – preconizado pelos programas homologados em 2001 sem que o texto literário tenha de abdicar do lugar de primazia que, cremos, lhe deverá ser sempre atribuído na aula de Português em contexto escolar do Ensino Secundário.

[26] *Lisboa Desaparecida, Photographias de Lisboa, Os Melhores Postais de Lisboa, Lisboa – Past and Present, Os Cafés de Lisboa* ou *Lisboa de Eça de Queirós* serão alguns dos títulos sobre temáticas lisbonenses a sugerir aos alunos, designadamente pela *contemporaneidade* de algumas imagens, locais, figuras ... em relação a Cesário.

mos instantâneos captados pela objetiva fotográfica.[27] Os textos de História e outros a consultar pelo aluno, em diferentes suportes ou registos, deverão ser, porém, *pretexto* para um *regresso ao texto literário* em estudo na aula de Português, motivando uma *nova leitura* – mais esclarecida pelos conhecimentos adquiridos – a partir da qual o aluno poderá mais conscientemente ajuizar do modo como o poeta olha a realidade que descreve, que aspetos privilegia, que emoções deixa (ou não) transparecer...

Mas, o que a princípio suscitou apenas curiosidade – a observação atenta de simples gestos do quotidiano e a descrição pormenorizada de Lisboa desde, como nota Jacinto do Prado Coelho, «a paisagem física (a Baixa pombalina, as ruelas junto ao rio, os bairros novos, de ruas amplas, macadamizadas) à paisagem humana (padres, militares, altos funcionários, burguesas e 'imorais', padei-

---

[27] Assim se a*brirá o caminho* para um entendimento mais consistente da aproximação da poesia de Cesário à pintura dos impressionistas a tratar no presente ponto. Com efeito, um trabalho de pesquisa a realizar pelos alunos, ainda que não demasiada ou injustificadamente exaustivo, mostrará que a fotografia constituiu a base ou o ponto de referência para as criações de diferentes autores neste período. *Experimentava-se* então uma nova técnica de apreensão ou figuração do real...

ros, vendedeiras de hortaliça, varinas, operários, calceteiros, arlequins e mendigos)», não deixando igualmente de referenciar «as metamorfoses do ciclo das horas (a Lisboa noturna, com a sociedade elegante, misérias e grotescos à luz débil do gás, e a cidade soalhenta, garrida, laboriosa) e a situação geográfica (os cais, os emigrantes, a ânsia do mar desconhecido, as tradições dos Descobrimentos)» (Coelho, 1942: 1141) –, poderá consubstanciar-se numa sensação de alguma estranheza relativamente à matéria poética de um texto no qual, por critérios de uma classificação genológica, o aluno intentaria encontrar marcas mais visíveis de subjetividade, introspeção ou intimismo. A objetividade *antilírica* dos versos de Cesário desconcertará o aluno apenas conhecedor de uma tradição lírica nacional, pondo a tónica na expressão de sentimentos de um *eu* poético que se instaura como foco central de atenção de todo o texto[28]. Até mesmo o vocabulário utilizado, recheado de termos

---

[28] Recordamos que o aluno que hoje frequenta o 11.º ano de escolaridade, no momento de lecionação da sequência de aprendizagem em que é contemplada a poesia de Cesário Verde, apenas contactou, no que respeita ao Género Lírico, com textos de Luís de Camões lecionados no 10.º ano de escolaridade e perspetivados sob uma ótica que privilegia a dimensão autobiográfica.

concretos, próprios de uma linguagem técnica ou familiar, poderá parecer ao aluno excessivamente prosaico em passagens ilustrativas de realidades também elas menos convencionais em poesia, tais como: «(...)Eu descia, /Sem muita pressa, para o meu emprego, /Aonde agora quase sempre chego /Com as tonturas duma apoplexia.» de «Num Bairro Moderno» (Verde, 1995: 65); «Descalças! Nas descargas de carvão, /Desde manhã à noite, a bordo das fragatas; /E apinham-se num bairro aonde miam gatas, /E o peixe podre gera os focos de infecção!», «E eu desconfio, até, de um aneurisma /Tão mórbido me sinto, ao acender das luzes(...)» ou «Num cutileiro, de avental, ao torno, / Um forjador maneja um malho, rubramente(...)» de «O Sentimento dum Ocidental» (Verde, 1995: 99 e 102).

Pensamos justificar-se então o conhecimento por parte do aluno de algumas referências estéticas e literárias do contexto de emergência da obra de Cesário Verde, indispensáveis a uma correta perceção do modo como se posicionou face a movimentos, correntes ou estilos de época e, porventura, conducentes a uma mais fundamentada apreciação do real valor estético que lhe subjaz. Entendemos ser este um enquadramento necessário para que o aluno detenha um saber razoavelmente aprofundado da criação cesarina (de legítima exigência no Ensino Secundário) que não logrará conseguir numa leitura literária, privilegiando somente um olhar sobre o poeta como *o repórter do quotidiano* em versos cuja temática dominante é *a oposição cidade/campo*. A convocação de informação contextual permitirá ao aluno reconhecer por si mesmo o papel renovador da poesia de Cesário no panorama literário português oitocentista. Não deverá, no entanto, ser da inteira responsabilidade do professor mediante um debitar enciclopédico das principais coordenadas ou pressupostos de movimentos ao tempo dominantes como o Realismo, o Naturalismo ou o Parnasianismo. Acompanhará antes a explicação semântica e a descrição retórico-formal do texto e, suscitada por este, conduzirá o aluno[29] na perceção, por exemplo, da observação e da análise do real através da deambulação efetuada pelo sujeito poético como uma característica que aproxima a escrita de Cesário de uma técnica ou estratégia discursiva similar

---

[29] Deverá o aluno estar neste momento apto – após a realização do trabalho de pesquisa subordinado ao tema **À Procura da Lisboa de Cesário** – a sustentar as suas intervenções na sala de aula em leituras de textos no âmbito da História e/ou da Crítica Literárias.

à utilizada nos romances realistas e naturalistas em momentos descritivos; da questão social, ilustrada em alguns dos seus poemas, como indicadora de um novo lirismo realista que então começava a marcar presença em Portugal; da atenção ao mundo exterior, ao quotidiano descrito com pormenor em pequenos *flagrantes* sugeridos por versos rigorosamente medidos em estrofes de notório apuro formal como aspetos também privilegiados pelos defensores de uma arte parnasiana[30].

---

[30] José Carlos Seabra Pereira considera antes, porém, que «o cuidado, reiteradamente frisado, de apuro formal e o culto do rigor eram património dos modelos de transição do Romantismo para o Realismo e, em particular, de Baudelaire (...)» (Pereira, 2004: 88). Também Jacinto do Prado Coelho considera mais acertado considerar Cesário «lírico realista» que poeta parnasiano. Sublinha, porém, que o poeta não se situa inteiramente à margem do Parnasianismo «nem na sua passagem pelo satanismo erótico, aderente ao rigor vocabular, menos ainda na sua fase adulta de exaltação da salubridade burguesa – com voluntários e avigorantes prosaísmos –, atitude cheia de novidade, que discretamente inclui um temperado republicanismo, uma solidariedade, isenta de pieguice, com a classe trabalhadora.». E acrescenta: «Exemplo de arte parnasiana, narrativa e plástica, desejosa de naturalidade e de plena consecução formal, é frisantemente o seu poema «De Tarde»» (Coelho, 1992: 792).

Ainda no âmbito de um enquadramento do autor no panorama da literatura oitocentista – e não nos restringindo unicamente ao que ao tempo em Portugal se publicava, parece-nos ainda promissor *o desafio* de propor ao aluno leituras *em diálogo* de poemas de Cesário com textos de Baudelaire. Com a devida orientação do professor, saberá o aluno *ler* nas criações de ambos, em textos de renovada linguagem e forma cuidada, um retratar da cidade que em simultâneo *atrai* e *repele*, do seu quotidiano, do aglomerado da multidão indistinta nas suas largas ruas macadamizadas ou nas avenidas dos seus modernos *boulevards*, do tumulto da sua atividade, das suas mulheres fatais, deslumbrantes, avassaladoras – estreitamente associadas ao espaço em que se movimentam e de que constituem um muito expressivo símbolo –, despertando no *eu* a volúpia, a sujeição, o desejo ou a humilhação. Ao aluno que aceite o desafio do professor e se disponha a uma leitura atenta dos dois autores notará que em ambos esse *eu* frequentemente se caracteriza por um olhar crítico e um espírito atento do que está em seu redor, mas que em simultâneo se *distancia* ou *diferencia* desse (mesmo) real circundante. É mais um *observador* do que um *participante* desse formigueiro da urbe ou do mundo moderno,

fervilhante de vida e de *mudança(s)*, decorrentes de
um rápido e acelerado crescimento económico e
populacional – com todas as consequências daí re-
sultantes, designadamente as respeitantes ao lugar
do indivíduo numa nova sociedade. O *spleen* do poeta francês (por exemplo)[31] encontrará assim para
este aluno expressão similar na nostalgia dos grandes centros e/ou na expressão de pensamentos de
evasão em Cesário:

---

[31] Expresso em inúmeros textos de *Spleen e Ideal*, título clara-
mente sugestivo de uma sequência de textos inserta em *As Flores
do Mal*, nos quais Fernando Pinto do Amaral de modo pertinente reconhece um «impulso de evasão que motiva, além das via-
gens mentais, a ânsia de viajar» marcante na obra de Baudelaire.
«O Albatroz», «Elevação», «O Homem e o Mar», «O Convite à Via-
gem» e «Moesta et Errabunda» de *Spleen e Ideal* ou «O Cisne» de
Quadros Parisienses são alguns poemas que destacamos como ilustrativos «de uma permanente oscilação em que um *taedium vitae* sempre sem saída, um persistente mal-estar existencial (...) se articula
dialecticamente com uma vontade irresistível de *partir*, escapando
à tirania do que a sociedade espera de nós e chegando a imaginar
um 'ideal' para lá do horizonte de clausura onde o quotidiano cos-
tuma encerrar-nos.» (*apud* Baudelaire, 1998: 14). Não será difícil a
um leitor competente e *conhecedor* de Cesário (em que desejavel-
mente se deverá *transformar* o aluno do Ensino Secundário) encontrar ressonância(s) de tais ideias em versos como «Ah! Como a raça
ruiva do porvir, / E as frotas dos avós, e os nómadas ardentes, / Nós
vamos explorar todos os continentes / E pelas vastidões aquáticas
seguir! // Mas se vivemos, os emparedados, / Sem árvores, no vale
escuro das muralhas!...» (Verde, 1995: 104).

Batem os carros de aluguer, ao fundo,
Levando à via férrea os que se vão. Felizes!
Ocorrem-me em revista exposições, países:
Madrid, Paris, Berlim, S. Petersburgo, o mundo!
(...)
E, enorme, nesta massa irregular
De prédios sepulcrais, com dimensões de montes,
A Dor humana busca os amplos horizontes,
E tem marés, de fel, como um sinistro mar!
«O Sentimento dum Ocidental» (pp. 97 e 105).

Meramente a título exemplificativo de *intertextualidades* possíveis e ilustrativas do *diálogo* que propomos, apresentamos o poema «A Uma Transeunte» de Baudelaire, incluído em *Quadros Parisienses* de *As Flores do Mal*, cuja leitura poderá concretizar-se em sala de aula *a par* da análise de textos como «Esplêndida» ou «A Débil» de Cesário[32]:

---

[32] Cremos que a aproximação a Baudelaire, neste momento – dado o diálogo que a poesia do autor de *As Flores do Mal* igualmente estabelece com a pintura coeva por uma captação da realidade exterior filtrada pela interioridade do *eu* – iniciará o aluno na sensibilização necessária para a descodificação de signos próprios de distintas linguagens estéticas (a verbal e a pictórica, em particular)

A rua ia gritando e eu ensurdecia.

Alta magra, de luto, dor tão majestosa,
Passou uma mulher que, com mãos sumptuosas,
Erguia e agitava a orla do vestido;

Nobre e ágil, com pernas iguais a uma estátua.
Crispado como um excêntrico, eu bebia, então,
Nos seus olhos, céu plúmbeo onde nasce o tufão,
A doçura que encanta e o prazer que mata.

Um raio... e depois noite! – Efémera beldade
Cujo olhar me fez renascer tão de súbito,
Só te verei de novo na eternidade?

Noutro lugar, bem longe! é tarde! talvez nunca!
Porque não sabes onde vou, nem eu onde ias,
Tu que eu teria amado, tu que bem sabias!

«A Uma Transeunte» (p. 239)[33]

que lhe serão exigidas no ponto subsequente a este de que nos ocupamos.

[33] «Hino à Beleza», «A cabeleira», «Com trajos ondulantes e de róseas cores», «A cobra que dança», «O vampiro», «O veneno» e «Céu Turvo» de *Spleen e Ideal* ou «A uma pedinte ruiva» e «O Amor da Mentira» de *Quadros Parisienses* são exemplo de outros textos

Reconhecendo já, neste momento do seu estudo, Cesário como «um dos poetas que na poesia portuguesa melhor representam o realismo» (Régio, s/d: 396), o aluno deverá ser conduzido ao entendimento de um cariz profundamente renovador dos seus versos, visível nos momentos em que a análise efetuada pelo sujeito de enunciação (deambulando por Lisboa como nos versos de «Num Bairro de Moderno», «Cristalizações» ou «O Sentimento dum Ocidental») ultrapassa o modelo ou a técnica constitutiva dos romances realistas e naturalistas por privilegiar «uma nova prevalência da apreensão sensória na visão poética do real» (Pereira, 2004: 88). É que nos textos do poeta a imaginação repetidas vezes se sobrepõe ao real (descrito ou evocado), recriando-o por um processo de transfiguração. Confirmam-no os versos (entre outros que poderíamos citar) «Subitamente – que visão de artista! – /Se eu transformasse os simples vegetais, /À luz do sol, o intenso

---

baudelairianos que, no âmbito da imagética feminina (e da beleza, suave e terna ou avassaladora e destruidora que a esta se associam) – seja a da aristocrata altiva seja a da mulher humilde ou de conduta moral duvidosa, poderão justificar leituras e*m diálogo* com os poemas «Deslumbramentos», «Meridional», «Humilhações», «Frígida», «Arrojos» ou «Vaidosa» de Cesário.

colorista, /Num ser humano que se mova e exista /Cheio de belas proporções canais?! (...) E eu recompunha por anatomia, /Um novo corpo orgânico, aos bocados. /Achava os tons e as formas. Descobria /Uma cabeça numa melancia, /E nuns repolhos seios injectados.» de «Num Bairro Moderno» (Verde, 1995: 66) ou «Cercam-me as lojas, tépidas. Eu penso /Ver círios laterais, ver filas de capelas, /Com santos e fiéis, andores, ramos, velas, /Em uma catedral de um comprimento imenso.» de «O Sentimento dum Ocidental» (Verde, 1995: 101) que evidenciarão ao aluno como o real não importa em Cesário enquanto objetivamente descrito mas como ponto de partida que possibilita ao *eu* poético desenvolver «admiravelmente as suas poderosas faculdades de *revelar* e de *interpretar*» (Régio, s/d: 396). A própria recorrência de formas do pronome da primeira pessoa – patente, por exemplo em sucessivos versos do último poema, designadamente «Tão mórbido me sinto (...) Chora-me o coração que se enche e se abisma (...) Afrontam-me, no resto, as íngremes subidas (...) Cercam-me as lojas tépidas.» (Verde, 1995: 99-101) – mostrará como a subjetividade preside afinal a uma representação (ou transmutação) do real marcado por uma visão individual, muito própria. Assim se afasta Cesário de uma matriz realista na construção dos seus poemas. Do poeta e da sua obra deverá antes o aluno reter a imagem de originalidade que a um tempo se aproxima e se distingue de coordenadas ou dominantes literárias do seu tempo.

2.3. A Representação Pictórica da Realidade: *intertextualidades*

Naquele pic-nic de burguesas,

Houve uma coisa simplesmente bela,

E que, sem ter história nem grandezas,

Em todo o caso dava uma aguarela.

Foi quando tu, descendo do burrico,

Foste colher, sem imposturas tolas,

A um granzoal azul de grão-de-bico

Um ramalhete rubro de papoulas.

Pouco depois, em cima duns penhascos,

Nós acampámos, inda o Sol se via;

E houve talhadas de melão, damascos,

E pão-de-ló molhado em malvasia.

Mas, todo púrpuro a sair da renda
Dos teus dois seios como duas rolas,
Era o supremo encanto da merenda
O ramalhete rubro das papoulas!

«De Tarde» (p. 106).

Só o poema transcrito bastaria para evocar a aproximação da poesia à pintura em Cesário Verde. O pendor descritivista ou o visualismo destes versos, manifestos em recorrentes notações de cor sugestivas da reprodução de um singelo quadro do real quotidiano, sendo assinalados pelo professor ao aluno, muito facilmente suscitariam no último uma imagem de Cesário como *poeta-pintor* – imagem essa reforçada pela observação de uma reprodução do quadro de Édouard Manet, *Almoço na Relva*, que quase sempre marca presença nos Manuais da disciplina de Português ao lado do poema cesarino «De Tarde». Muito pouco provável seria, porém, que uma tal abordagem pedagógico-didática desse azo a qualquer reflexão posterior ou a um questionamento do aluno desejoso de *saber mais*.

A Leitura Literária que propomos segue uma metodologia que começa por *olhar* a criação de Manet, não como *ponto de chegada* mas como *lugar de partida* para um entendimento fundamentado da representação da realidade na poesia de Cesário Verde. Mostrar ao aluno a **Literatura** como **Arte** e conduzi-lo à percepção do sistema de relações estabelecido entre as diversas formas de expressão da criatividade humana e dos diferentes códigos artísticos – verbais e não verbais –, identificando uma determinada realização estética, parece-nos particularmente enriquecedor no estudo de uma obra poética com as características que apresenta esta de que ora nos ocupamos. Este *diálogo textual* é necessário, quer para uma melhor apreciação/fruição da poesia cesarina quer para o desenvolvimento de uma sensibilidade estética no aluno, designadamente por meio de uma leitura que enfatize traços que o distinguem de outros modelos de texto em estudo no Ensino Secundário.

Abrir portas ao saber do aluno e alargar os horizontes do seu conhecimento poderão constituir os objetivos de um trabalho de pesquisa bibliográfica tendo por tema um só verso de Cesário –

Pinto quadros por letras, por sinais[34]. Dividindo-se a turma em pequenos grupos de trabalho, a cada um destes se atribuirá uma tarefa diferenciada. A um grupo caberá uma investigação mais genérica sobre o **Impressionismo** (circunstâncias da sua eclosão, nomes representativos, características estéticas, relação com os códigos tradicionais...[35]). Os restantes grupos ocupar-se-ão dos protagonistas do Impressionismo, fazendo incidir o seu trabalho sobre uma personalidade em particular – Édouard Manet, Claude Monet, Pierre-Auguste Renoir, Edgar Degas, Paul Cézanne, Camille Pissarro, Alfred Sisley, Gustave Caillebotte, Berthe Morisot, Armand Guillaumin e Mary Cassatt (biografia, quadros de maior relevo, temas privilegiados, técnica(s) pictórica(s) utilizada(s)...). As conclusões serão apresentadas em contexto de aula à turma.

---

[34] Verso inicial de uma das quadras do longo poema «Nós»: «Pinto quadros por letras, por sinais, /Tão luminosos como os do Levante, /Nas horas em que a calma é mais queimante, /Na quadra em que o Verão aperta mais.» (Verde, 1995: 125).

[35] É esta uma informação cultural que o aluno poderá facilmente obter em Guias ou outros Livros de História de Arte com o devido rigor científico mas sem um aprofundamento da matéria que possa considerar-se inadequado para o contexto escolar em questão.

Sendo o aluno já detentor de um *saber* que lhe permitirá aferir mais rigorosa e/ou fundamentadamente em Cesário Verde uma técnica de apreensão do real similar à que foi utilizada pelos impressionistas, poder-se-á proceder a uma nova leitura de alguns dos seus poemas ilustrando a aproximação a «uma pintura ligada à vida citadina e às impressões sensoriais dos seus autores» (Pinto, 2006: 718). A acumulação de sensações isoladas, de aspetos parciais da realidade típica da pintura impressionista, por exemplo, é sugerida em Cesário pelo uso da estrofe curta – a quadra ou a quintilha – que não nos apresenta o mundo exterior *observado* como um todo com visíveis ligações de *causa-efeito* entre os diversos elementos que o constituem, mas antes evoca fragmentos, *flagrantes* captados pelo olhar *que observa*, como nos versos seguintes de «O Sentimento dum Ocidental»:

Num trem de praça arengam dois dentistas;
Um trôpego arlequim braceja numas andas;
Os querubins do lar flutuam nas varandas;
Às portas, em cabelo, enfadam-se os logistas!

Vazam-se os arsenais e as oficinas;
Reluz, viscoso, o rio; apressam-se as obreiras;
E num cardume negro, hercúleas, galhofeiras,
Correndo com firmeza, assomam as varinas.
«O Sentimento dum Ocidental» (p. 98).

Um olhar, aliás, que deverá ser – como a pincelada, a traços rápidos, dos impressionistas – a captação *furtiva* de uma **impressão** pura do instante fugidio, do momento, sugerido nos versos «Batem os carros de aluguer, ao fundo, /Levando à via férrea os que se vão. Felizes! /Ocorrem-me em revista exposições, países: /Madrid, Paris, Berlim, S. Petersburgo, o mundo!» do poema anterior para, logo de seguida e sem transição, passar à descrição de um outro aspecto distinto da realidade: «Semelham-se a gaiolas, com viveiros, /As edificações somente emadeiradas» (Verde, 1995: 98).

Também a sugestão de sensações auditivas nas sinestesias mostra que importa ao sujeito poético não apenas o observado mas as *impressões* suscitadas e, mais uma vez, aproxima a poesia de Cesário de uma pintura que reage contra o conceptualismo e busca uma **arte mais sensorial**. Ilustram esta afirmação passagens como «Bóiam aromas, fumos de cozinha; /Com o cabaz às costas, e vergando, /Sobem padeiros, claros de farinha; /E às portas, uma ou outra campainha /Toca, frenética, de vez em quando.», «Chegam do gigo emanações sadias, /Oiço um canário – que infantil chilrada! –» (Verde, 1995: 66 e 68) de «Num Bairro Moderno» ou «Um parafuso cai nas lajes, às escuras: /Colocam-se taipais, rangem as fechaduras, /E os olhos dum caleche espantam-me, sangrentos.» (Verde, 1995: 103) de «O Sentimento dum Ocidental».

O Impressionismo instaura um *novo modo de olhar* a realidade, intentando captar as suas *nuances* decorrentes de sucessivas e variadas cambiantes de luz. Se da paisagem em Monet e Renoir se pode dizer que «é toda ela uma cintilação de luz e de cor, vibrações luminosas, sensibilidade cromática expressa por cores puras» (Sproccarti, 1999: 129), alguns versos de Cesário lembram a tela de um pintor impressionista pela evocação de idênticas sugestões. Encontramo-los, por exemplo, no poema «Cristalizações» cujo título põe a tónica nas temperaturas gélidas e na luminosidade típicas de um dia de inverno:

Faz frio. Mas, depois duns dias de aguaceiros,
Vibra uma imensa claridade crua.
(...)
Como as elevações secaram do relento,
E o descoberto sol abafa e cria!
A frialdade exige o movimento;
E as poças de água, como em chão vidrento,
Reflectem a molhada casaria.»
«Cristalizações» (p. 69).

Convocando informação adquirida na pesquisa bibliográfica que antecedeu esta leitura de Cesário Verde, poderia ser o próprio aluno a invocar quadros de ambos os pintores como forma de corroborar considerações/reflexões tecidas em aula. De Claude Monet poderia mencionar *Regatas em Argenteuil* ou *Tanque com Nenúfares*, destacando a propósito do primeiro «os efeitos luminosos e os reflexos da paisagem na água» como «um dos motivos gratos aos impressionistas» e sobre o último o facto de ter sido aquele «um dos temas predilectos de Monet no qual o pintor pôs em prática a captação dos reflexos luminosos destas plantas na água» (Pinto, 2006: 719 e 723). De Pierre-Auguste

Renoir, poderia o aluno destacar *O Baloiço*, onde «a difusão da luz é notória nas manchas luminosas reflectidas em todo o ambiente (...) e provocadas pela passagem da luz através da vegetação», ou *Paisagem*, obra mais tardia do autor na qual evidencia, porém, «a pincelada usada pelos impressionistas na captação dos efeitos da luminosidade, pelos tons prateados, azulados e acinzentados» que utiliza (Pinto, 2006: 721).

Será ainda de sublinhar numa leitura em interação na sala de aula como a combinação de sensações oriundas de dois sentidos distintos – o tacto e a visão – põe em relevo os efeitos de reflexo da luz sobre a água que, por sua vez (bem ao gosto dos impressionistas) espelha em si a paisagem circundante. A ênfase que entre os autores do grupo do *Café Guerbois* é colocada na representação do real modelado por diferenciadas inflexões da luz ou de um mesmo motivo captado em diferentes momentos do dia está também presente em Cesário. Veja-se logo o primeiro verso de «O Sentimento dum Ocidental» indiciando um retrato condicionado por um momento temporal específico: «Nas nossas ruas, ao anoitecer, /Há tal soturnidade, há tal melancolia» (Verde, 1995: 97). O próprio título da terceira parte do poema – «Ao Gás» – põe em relevo uma realidade observada *sob a luz* dos candeeiros a gás que então começavam a surgir na Lisboa finissecular:

> *Longas descidas! Não poder pintar*
>
> *Com versos magistrais, salubres e sinceros,*
>
> *A esguia difusão dos vossos reverberos,*
>
> *E a vossa palidez romântica e lunar!*
>
> *(...)*
>
> *Mas tudo cansa! Apagam-se nas frentes*
>
> *Os candelabros, como estrelas, pouco a pouco;*
>
> *Da solidão regouga um cauteleiro rouco;*
>
> *Tornam-se mausoléus as armações fulgentes.*
>
> «O Sentimento dum Ocidental» (pp. 102 e 103).

Muito sugestivo também da impressão causada prevalecendo sobre o próprio objeto de observação é o verso «Amareladamente, os cães parecem lobos» (Verde, 1995: 104) pelo uso do advérbio de modo anteposto ao nome a que se reporta.

Em inúmeros textos da maturidade poética de Cesário é visível, de facto, a perceção da realidade em função da incidência de determinados efeitos de luz, acabando por esbater, diluir formas ou contornos precisos nos elementos observados como acontece nas telas dos impressionistas. Ilustram-no versos como «O sol dourava o céu. (...) Um pequerrucho rega a trepadeira /Duma janela azul; e, com o ralo /Do regador, parece que joeira /Ou que borrifa estrelas; e a poeira /Que eleva nuvens alvas a incensá-lo.» de «Num Bairro Moderno» (Verde, 1995: 67), «Negrejam os quintais, enxuga a alvenaria; /Em arco, sem as nuvens flutuantes, / O céu renova a tinta corredia; /E os charcos brilham tanto, que eu diria /Ter ante mim lagoas de brilhantes! (...) Pede-me o corpo inteiro esforços na friagem / De tão lavada e igual temperatura! / Os ares, o caminho, a luz reagem / Cheira-me a fogo, a sílex, a ferragem; /Sabe-me a campo, a lenha, a agricultura.» de «Cristalizações» (Verde, 1995: 71) ou «A espaços, iluminam-se os andares, /E as tascas, os cafés, as tendas, os estancos /Alastram em lençol os seus reflexos brancos; /E a Lua lembra o circo e os jogos malabares.» de «O Sentimento dum Ocidental» (Verde, 1995: 99).

Pinceladas de tons e cores diferenciadas surgem recorrentemente na *tela-papel* de Cesário Verde que assim privilegia uma ótica pictural sobre uma realidade que nos é oferecida como tendo sido instantaneamente captada no exato momento da sua observação. É a sugestão de uma escrita poética acompanhando a deambulação de um *eu* que enuncia o discurso, visível em inúmeras passagens como «Dez horas da manhã; os transparentes /Matizam uma casa apalaçada; /Pelos jardins estancam-se as nascentes, /E fere a vista, com brancuras quentes, /A larga rua macadamizada. // *Rez-de-chaussée* repousam sossegados, /Abriram-se, nalguns, as persianas, /E dum ou doutro, em quartos estucados, /Ou entre a rama dos papéis pintados, /Reluzem, num almoço, as porcelanas. (...) Eu descia, /Sem muita pressa, para o meu emprego (...)» (Verde, 1995: 64 e 65) de «Num Bairro Moderno» ou «Em meio de arvoredo, azenhas e ruínas, /Pulavam para a fonte as bezerrinhas brancas, /E, tetas a abanar, as mães, de largas ancas, / Desciam mais atrás, malhadas e turinas.» (Verde, 1995: 108) do poema «Em Petiz».

É em «De Tarde», porém, que a palavra poética parece dar lugar ao pincel na *tela-papel* cesarina, convocando-nos a acompanhar um processo descritivo que se esboça a partir de um plano mais abrangente ou genérico para nos levar a deter o olhar num ínfimo pormenor de onde ressalta toda a beleza do quadro: «Pouco depois, em cima duns penhascos, /Nós acampámos, inda o Sol se via; /E houve talhadas de melão, damascos, /E pão-de-ló molhado em malvasia. //Mas, todo púrpuro a sair da renda /Dos teus dois seios como duas rolas, /Era o supremo encanto da merenda /O ramalhete rubro das papoulas!» (Verde, 1995: 106 e 107). Com maior fundamento agora poderia o aluno intervir e, por sua iniciativa, associar o poema de Cesário ao quadro de Édouard Manet, *Almoço na Relva*. As diferenciadas notações de cor no primeiro poderiam suscitar a referência no segundo à «utilização de largas zonas de cores» criando «contrastes muito pronunciados» (Sproccati, 1999: 126) ou os evidentes «contrastes luminosos conseguidos com as vestes escuras dos homens e os tons pastel da carnação do modelo feminino» (Pinto, 2006: 723.). A carnação feminina também assume algum destaque no poema de Cesário, servindo de contraste ao rubro das papoulas que se pretende realçar. Em jeito de informação complementar poder-se-ia referir o escândalo então causado por um quadro que acabaria por definir as bases da pintura impressionista, pondo em relevo uma rejeição primeira de um *estilo novo* em arte a lembrar a atitude inicial da crítica literária face à obra de Cesário.[36]

---

[36] A respeito lembramos aqui considerações respetivamente tecidas por Francesco Salvi e Maria Ema Tarracha Ferreira em *Os Impressionistas. As Origens da Pintura Contemporânea* e *O Livro de Cesário Verde*: «Um grupo de artistas revolucionou a pintura em França, na segunda metade do século XIX. Eram pessoas provenientes de ambientes diversos, diferindo igualmente nos comportamentos e ideias políticas, mas partilhavam o seu descontentamento no que dizia respeito à cultura artística predominante e a sua desilusão por não serem aceites nas exposições oficiais. Estavam determinados em estabelecer um novo método de pintar. (...) Entre 1850 e 1880 trabalharam sobretudo em Paris. Em 1874 organizaram uma exposição colectiva. Foi neste momento que um jornalista os apelidou de "impressionistas", uma forma de dizer que as suas obras eram apenas capazes de representar a primeira impressão.» (Salvi, 2000: 4); «(...) Cesário morria sem deixar um livro, porquanto não chegara a reunir em volume cerca de quarenta poemas que fora publicando em jornais e revistas. No entanto, apesar de reduzida e dispersa, a sua obra tinha provocado escândalo: em 1874, dois intelectuais prestigiosos e identificados com as ideologias progressistas da época – Ramalho Ortigão e Teófilo Braga – tinham acolhido com severidade e sarcasmo um poema do moço poeta, *Esplêndida*, publicado no *Diário de Notícias* (Ramalho ao terminar a crítica n'*As Farpas*, aconselhava o poeta a tornar-se «menos Verde e mais Cesário») (Verde, 1995: 8). A mesma estudiosa acrescenta: «A actividade poética de Cesário ressentiu-se, pois, da incompreensão dos contemporâneos e mesmo aqueles de quem esperava estímulo e incentivo o desiludiram, facto que, segundo as suas cartas e o testemunho de amigos, o desgostou profundamente, lhe amargurou a

Se aos impressionistas importa uma interpretação pictórica das sensações experimentadas por meio do olhar de um *eu* que observa uma dada realidade e não essa realidade por si só, também em Cesário só aparentemente sobressai uma objetividade plástica na sua poesia. O que sucede as mais das vezes é o prevalecer da impressão causada no *eu*, de um mundo interior (sentido) sobre o mundo exterior (visível). Este não surge captado enquanto tal mas sim filtrado pela subjetividade do próprio sujeito poético, como mostram, por exemplo, diversas passagens de «O Sentimento dum Ocidental»:

Nas nossas ruas, ao anoitecer,

Há tal soturnidade, há tal melancolia,

Que as sombras, o bulício, o Tejo, a maresia

Despertam-me um desejo absurdo de sofrer.

vida, e terá talvez contribuído para adiar a publicação do livro que, com a precocidade que caracteriza a sua inspiração poética, aparecia anunciado "para breve" em 1874.». (Verde, 1995: 8 e 9). Estas e outras informações a que também o aluno terá acesso no momento da sua pesquisa bibliográfica farão parte de um **lastro cultural** ou de um **saber** que o próprio aluno espontaneamente convocará, na aula de *Português*, dialogando com os textos em estudo. Um *saber* que não se sobreporá ao *texto* mas antes potenciará uma mais plena exploração do(s) seu(s) sentido(s).

O céu parece baixo e de neblina,
O gás extravasado enjoa-me, perturba;
E os edifícios, com as chaminés, e a turba,
Toldam-se duma cor monótona e londrina.
(...)
Como morcegos, ao cair das badaladas,
Saltam de viga em viga os mestres carpinteiros.
(...)
E o fim da tarde inspira-me; e incomoda!
«O Sentimento dum Ocidental» (pp. 97 e 98).

Por oposição ao Romantismo, às peias de uma arte mais convencional e também a um intelectualismo social da pintura realista, o «Impressionismo foi *"a enérgica negação da ideia e o regresso ao sentimento imediato"*, ou seja, à sensação do momento» (Pinto, 2006: 718). É precisamente esse instante fugaz e a impressão suscitada no *eu* que a poesia de Cesário nos oferece e assim se configura criativamente inovadora no panorama literário das últimas décadas de oitocentos. Temas/motivos do quotidiano – citadino ou campestre, doméstico ou profissional e/ou simplesmente incidente em atividades de um lazer tipicamente burguês em finais de século – tornam-

-se, quer nos versos de Cesário quer nas telas dos impressionistas[37], matéria artística. Confirmam-no variadas passagens de diferentes textos do poeta que poderão ser objeto de análise em contexto de sala de aula, designadamente: «Pobre esqueleto branco entre as nevadas roupas! /Tão lívida! O doutor deixou-a. Mortifica. /Lidando sempre! E deve a conta à botica! /Mal ganha para sopas... (...) E estou melhor; passou-me a cólera. E a vizinha? /A pobre engomadeira ir-se-á deitar sem ceia? / Vejo-lhe luz no quarto. Inda trabalha. É feia... / Que mundo! Coitadinha!» de «Contrariedades» (Verde, 1995: 58 e 60), «Faz frio. Mas, depois duns dias de aguaceiros, /Vibra uma imensa claridade

---

[37] «Os retratos dos impressionistas diferiam dos tradicionais na medida em que prestavam maior atenção ao ambiente em que se situava o retratado do que à sua psicologia e à exactidão da representação. As personagens já não eram figuras isoladas e abstractas com a fria aparência de alguém que posa. Viviam nos quadros juntamente com os outros objectos, o cenário e uma luz que as envolvia. Apesar das suas características especiais, eram quase mais um objecto no meio de muitos outros e pareciam absorvidas pelo mundo que as rodeava. (...) O homem e a mulher modernos eram vistos nos seus comportamentos quotidianos: na forma como vestem, na sua vida social, em casa ou na rua. Eram pessoas que tocavam piano, que trabalhavam nos seus ofícios, que esperavam nos bastidores os momentos de aparecer no palco ou mesmo inclinando-se sobre uma mesa de jogo.» (Salvi, 2000: 26).

crua. /De cócoras, em linha, os calceteiros, /Com lentidão, terrosos e grosseiros, /Calçam de lado a lado a longa rua. (...) Em pé e perna, dando aos rins que a marcha agita, /Disseminadas, gritam as peixeiras, /Luzem, aquecem na manhã bonita, /Uns barracões de gente pobrezita /E uns quintalórios velhos com parreiras.» de «Cristalizações» (Verde, 1995: 69 e 70) ou «Como destacam, vivas, certas cores, /Na vida externa cheia de alegrias! /Horas, vozes, locais, fisionomias, /As ferramentas, os trabalhadores! /Aspiro um cheiro a cozedura, e a lar /E a rama de pinheiro! Eu adivinho /O resinoso, o tão agreste pinho /Serrado nos pinhais da beira-mar.» do poema «Nós» (Verde, 1995: 125).

Tomando como referência os mesmos versos ou textos que temos vindo a citar, poderá o professor optar por uma exploração pedagógica com a turma da aproximação da poesia de Cesário e da pintura dos impressionistas com a fotografia (ou o cinema) enquanto arte(s) emergente(s) num mesmo período e elegendo (como a última) a **imagem** enquanto *texto* (aqui entendido numa perspetiva semiótica) comunicativo por excelência. Uma tal exploração – que o professor (por questões de gestão temporal) poderá decidir que assuma o cariz de um trabalho de projeto a realizar na dimensão de atividade extracurricular com posterior divulgação junto da comunidade educativa – será complementar das *intertextualidades* antes propostas. Com efeito, uma pesquisa com o rigor e o aprofundamento adequados *transformará* o aluno num leitor mais competente porque conhecedor dessa relação intrínseca entre *os primeiros passos* na história da fotografia e *as experiências* coevas de pintores desejosos de encontrar uma nova linguagem estética. Fá-lo-á tomar consciência, por exemplo, de que os primeiros instantâneos registados por câmaras fotográficas recentemente criadas em meados do século XIX constituíram um imprescindível e precioso suporte de trabalho para um conjunto de artistas a quem interessou pintar os efeitos da luz sobre os objetos e as figuras. De facto, ao invés de olharem a técnica da fotografia com relutância ou desconfiança – o estatuto de *arte* não lhe foi fácil ou de imediato reconhecido... –, os impressionistas perceberam que esta os ajudaria na transmissão da *espontaneidade* buscada nas suas criações. A tentativa de *fixar* na tela *en plein air* as cores e as manchas de claridade e sombra incidentes em determinado objeto num momento preciso – aquele em que se *olha* e nos suscita uma *impressão* pura – exigia do pintor uma velocidade de execução que deixou de ser imperiosa com um primeiro registo fotográfico desse mesmo objeto. Tinha então o tempo necessário para estudar e analisar o(s) movimento e o(s) pormenor(es) que um primeiro e único *olhar* não possibilita. Os instantâneos – que precederam ou serviram de suporte a muitos quadros impressionistas – foram pois determinantes na execução e no aperfeiçoamento de uma arte pictórica com as características e a técnica que os seus autores então se propunham executar e desenvolver. Permitiram a captação (justamente) de **instantes** mais fidedigna e perfeita e uma sua representação mais exata e verdadeira (sem o embelezamento ou o artifício da figuração tradicional). A pesquisa a realizar pelo aluno destacará, por exemplo, o nome de Edgar Degas como um dos pintores que particularmente privilegiou a fotografia enquanto suporte da sua arte[38]; evidenciará o nome de Félix Nadar[39] pela amizade que o uniu ao grupo do *Café Guerbois*

[38] O quadro *Depois do Banho – Mulher Enxugando-se* de Degas foi pintado, em 1896, a partir de uma fotografia tirada pelo próprio. É um exemplo, entre outros. A imitação dos efeitos da fotografia foi, de facto, um objetivo perseguido pelo pintor.

[39] Trata-se do mais reputado fotógrafo francês do século XIX. Foi designadamente o primeiro a recorrer ao balão de ar quente para fazer fotografia aérea.

e pela sua atividade pioneira no domínio da fotografia (aérea), estimulando as criações impressionistas e a sua nova técnica de fixar – por meio da pintura – a vida moderna; distinguirá Eadweard Muybridge enquanto inventor de uma câmara para fotografar figuras em movimento e autor do livro *Locomoção Animal*[40] que auxiliou estes artistas nos seus estudos de representação pictórica.

Um aprofundar de conhecimentos neste âmbito enriquecerá a leitura de diferentes poemas cesarinos. A deambulação do *eu* pela cidade (ou pelo campo) e a captação progressiva de quadros, figuras e objetos que o *seu* olhar retém a cada momento associar-se-ão a uma câmara em movimento cuja *objetiva cinematográfica* sucessivamente vai captando e registando diferentes *planos da realidade* (enquadrados num respetivo ângulo de visão).

No poema «Num Bairro Moderno», por exemplo, será possível observar como da representação de *um cenário inicial* ou da apresentação do que numa terminologia da descrição fílmica se designa de um *plano geral* (ou de conjunto) – o do bairro

---

[40] Muybridge usou uma série de vinte e quatro câmaras para estudar o movimento mais pormenorizadamente. Desenvolveu também o zoopraxiscópio, precursor do projetor de cinema.

moderno, descrito nas primeira e segunda estrofes – se progride para a apresentação de um *primeiro plano* (ou aproximado) – o da figura da hortaliceira, endireitando-se após pousar no chão a sua giga, apresentada nas quarta e quinta estrofes – até a **objetiva** (ou a **retina** do *eu* poético) se fixar num *plano de pormenor* – o dos **alperces** (dentro da giga), destacados no último verso da sexta estrofe, que desencadearão a súbita *visão de artista* com relevância particular num contexto semântico do poema:

> *Dez horas da manhã; os transparentes*
>
> *Matizam uma casa apalaçada;*
>
> *Pelos jardins estancam-se os nascentes,*
>
> *E fere a vista, com brancuras quentes,*
>
> *A larga rua macadamizada.*
>
> *Rez-de-chaussée repousam sossegados,*
>
> *Abriram-se, nalguns, as persianas,*
>
> *E dum ou doutro, em quartos estucados,*
>
> *Ou entre a rama dos papéis pintados,*
>
> *Reluzem, num almoço, as porcelanas.*
>
> (...)

E rota, pequenina, azafamada,
Notei de costas uma rapariga,
Que no xadrez marmóreo duma escada,
Como um retalho de horta aglomerada,
Pousara, ajoelhando, a sua giga.

E eu, apesar do sol, examinei-a:
Pôs-se de pé (...).

Do patamar responde-lhe um criado:
«Se te convém, despacha; não converses.
Eu não dou mais.» E muito descansado,
Atira um cobre lívido, oxidado,
Que vem bater nas faces duns alperces.
«Num Bairro Moderno» (pp. 64 e 65).

Idêntica *escala de planos* pode ser lida no poema «De Tarde». Centrando-nos nas duas últimas estrofes, fica claro que *o olhar* do leitor/*espectador* é progressiva e intencionalmente conduzido – como se seguisse a movimentação e o ângulo de visão de uma câmara de filmar – de um *plano de conjunto* ou *geral*, os penhascos (cenário campestre) com a luminosidade ténue do final do dia, para o *grande plano* dos frutos ou iguarias da merenda, até, finalmente, se deter num mais ínfimo *plano de pormenor* que (de novo) se quer realçar: **o ramalhete rubro das papoulas**[41]. E é, de facto, esta a *imagem* que a palavra poética (ou *objetiva cinematográfica*) de Cesário fixa na mente do leitor (assim tornado *espectador*) deste *pic-nic* de burguesas:

> *Pouco depois, em cima duns penhascos,*
>
> *Nós acampámos, inda o Sol se via;*
>
> *E houve talhadas de melão, damascos,*
>
> *E pão-de-ló molhado em malvasia.*
>
> *Mas, todo púrpuro a sair da renda*
>
> *Dos teus dois seios como duas rolas,*
>
> *Era o supremo encanto da merenda*
>
> *O ramalhete rubro das papoulas!»*
>
> «De Tarde» (pp. 106 e 107).

---

[41] Note-se que (não por acaso) se considera ser este *ramalhete rubro de papoulas* **o supremo encanto da merenda**, assim o identificando – e destacando, no fim do verso e na última estrofe do poema – justamente como uma das iguarias anteriormente descritas...

A opção por uma tal exploração pedagógica ampliará indubitavelmente os horizontes culturais do aluno, dotando-o de uma maior sensibilidade estética e mais enriquecida capacidade de interpretação da poesia de Cesário. Atrevemo-nos a pensar que ficará bem mais *apto* para uma fruição plena dos seus versos e uma apreciação consciente do seu valor literário – *no seu* tempo e *para além* dele. Os planos captados pela câmara de filmar imagens em movimento, os instantâneos gravados pela objetiva fotográfica ou os quadros pintados nas telas dos impressionistas aparecer-lhe-ão como *os mesmos* **instantes** imortalizados pela poesia do autor em estudo. *Separa-os* os diferentes signos e linguagens ou técnicas utilizadas na *apreensão* do real (*figuração* e *representação* do mesmo); *aproxima--os* – e por este motivo se justifica a sua leitura *em diálogo* – um mesmo desejo de experimentação e renovação que marcou o espírito de uma época e as suas distintas manifestações de expressão artística.

Todos os **textos** lidos, toda a informação recolhida (*a partir dos* textos), todo o saber adquirido (*com os* textos), toda a discussão partilhada (*sobre os* textos)... conduzirão a Cesário e ao enquadramento da sua obra no panorama cultural oitocentista. Porque *da sua escrita* e *à sua leitura* sempre o aluno deverá voltar num processo de ensino e aprendizagem cuidada e adequadamente conduzido pelo professor.

2.4. O Rasto da Poesia de Cesário Verde

A perceção de Cesário como «uma das personalidades mais originais, mais renovadoras, da poesia portuguesa do século XIX» (Coelho, 1992: 1139) só logrará consolidar-se, porém, por uma referência à modernidade dos seus versos e à projeção que tiveram nas criações literárias das gerações que se lhe seguiram.

Uma aula incidente no «prospectivismo da sua obra poética» (Pereira, 2004: 89) poderia iniciar-se com a leitura de dois poemas (ou tão-só de excertos, no segundo caso) ilustrativos de uma admiração por Cesário que, com legitimidade, poderemos apelidar de discipular. Referimo-nos à homenagem prestada ao poeta por Alberto Caeiro e Álvaro de Campos:

> *Ao entardecer, debruçado pela janela,*
> *E sabendo de soslaio que há campos em frente,*
> *Leio até me arderem os olhos*
> *O livro de Cesário Verde.*

Que pena que tenho dele! Ele era um camponês
Que andava preso em liberdade pela cidade.

Mas o modo como olhava para as casas,

E o modo como reparava nas ruas,

E a maneira como dava pelas coisas,

É o de quem olha para as árvores,

E de quem desce os olhos pela estrada por onde vai andando

E anda a reparar nas flores que há pelos campos...

Por isso ele tinha aquela tristeza

Que ele nunca disse bem que tinha,

Mas andava na cidade como quem anda no campo

E triste como esmagar flores em livros

E pôr plantas em jarros...

Alberto Caeiro

Ah o crepúsculo, o cair da noite, o acender das luzes nas grandes cidades

E a mão de mistério que abafa o bulício,

E o cansaço de tudo em nós que nos corrompe

Para uma sensação exacta e precisa e activa da Vida!

> *Cada rua é um canal de uma Veneza de tédios*
> *E que misterioso o fundo unânime das ruas,*
> *Das ruas ao cair da noite, Ó Cesário Verde, ó Mestre.*
> *Ó do «Sentimento de um Ocidental»!*
> *(...)*
>
> Álvaro de Campos

Entre outros aspetos que poderíamos convocar, esta leitura – num momento que se pretende conclusivo do estudo da poesia de Cesário Verde – instituir-se-ia como ponto de partida para uma reflexão (que, tanto quanto possível, propiciasse um diálogo em interação na sala de aula), designadamente em torno dos motivos que justificam uma tal homenagem ou admiração discipular. Um aspeto que entendemos merecedor de referência seria a "antecipação" no autor de «O Sentimento dum Ocidental» de alguns dos traços dos *ismos* surgidos como correntes ou movimentos estético-literários no contexto do Modernismo de *Orpheu*. Neste poema[42], sob a orientação do professor, poderia o

---

[42] Indicamos este texto apenas a título exemplificativo. Outros textos ou outros aspetos poderiam ser apresentados/enunciados como traços ilustrativos da aproximação da poesia de Cesário aos diversos *ismos* criados pela Geração de *Orpheu* nos inícios do sécu-

aluno reconhecer a interseção de estados anímicos simultaneamente apresentados como pessoais (ou individuais) e impessoais (ou coletivos) – «Nas nossas ruas, ao anoitecer, /Há tal soturnidade, há tal melancolia, /Que as sombras, o bulício, o Tejo, a maresia /Despertam-me um desejo absurdo de sofrer»; «Tão mórbido me sinto ao acender das luzes»; «E, enorme, nesta massa irregular /De prédios sepulcrais, com dimensões de montes, /A Dor humana busca os amplos horizontes, /E tem marés, de fel, como um sinistro mar!» (Verde, 1995: 97, 99 e 105)[43] – ou o desejo de uma espacialização do tempo que leva o *eu* poético a imaginar e a

---

lo XX. É certo que o desconhecimento do aluno relativamente a movimentos ou escolas estético-literárias que só estudará numa sequência de aprendizagem posterior àquela em os programas determinam a lecionação da poesia de Cesário Verde impedirá leituras ou análises de um maior aprofundamento nesta matéria. No entanto, cremos que este sublinhar de um prospetivismo da obra do poeta em estudo é necessário para que o aluno possa perceber com fundamento o papel que lhe coube, ainda em finais do século XIX, na renovação de uma conceção poética que viria a (a)firmar-se nas décadas seguintes em sucessivas gerações literárias que se lhe seguiram. Também para que o aluno consolide uma visão diacrónica da literatura cujos textos constituintes não são criações isoladas, destituídas de um «lastro cultural inerente à sua criação e à sua recepção», preferencialmente perspetivados como «objecto de um estudo estritamente comunicacional» (Bernardes, 2005: 19 e 27).

[43] Sublinhados nossos.

apresentar momentos e realidades temporalmente distanciadas ou sequenciadas num mesmo quadro espacial – «Se eu não morresse, nunca! E eternamente /Buscasse e conseguisse a perfeição das cousas! /Esqueço-me a prever castíssimas esposas, /Que aninhem em mansões de vidro transparente! (...) Ah! Como a raça ruiva do porvir, /E as frotas dos avós, e os nómadas ardentes, /Nós vamos explorar todos os continentes /E pelas vastidões aquáticas seguir! //Mas se vivemos, os emparedados, /Sem árvores, no vale escuro das muralhas!... /Julgo avistar, na treva, as folhas das navalhas /E os gritos de socorro ouvir estrangulados.» (Verde, 1995: 104) – para só referirmos a título de exemplo a aproximação da criação de Cesário a um «processo típico do Modernismo» – o Intersecionismo – «paralelo às sobreposições dinâmicas da pintura futurista» e cruzando[44] «paisagem presente e a ausente, o actual e o pretérito, o real e o onírico» (Coelho, 1992: 496).

Já o poema «Cesário Verde» de Sophia de Mello Breyner Andresen – evocando o poeta num con-

---

[44] Reportamo-nos ao poema «Chuva Oblíqua», exemplo mais acabado deste *ismo* deixado por Fernando Pessoa.

junto de versos que põem a tónica em características ou qualidades da sua criação literária e artística valorizadas pela autora de *Ilhas* – poderia ser lido em contexto de sala de aula para mais expressivamente ilustrar ao aluno o reconhecimento em poetas posteriores da modernidade de uma obra que marcou a rutura com uma estilística e uma retórica poéticas tradicionais:

Cesário Verde

Quis dizer o mais claro e o mais corrente
Em fala chã e em lúcida esquadria
Ser e dizer na justa luz do dia
Falar claro falar limpo falar rente

Porém nas roucas ruas da cidade
A nítida pupila se alucina
Cães se miram no vidro de retina
E ele vai naufragando como um barco

Amou vinhas e searas e campinas
Horizontes honestos e lavados
Mas bebeu a cidade a longos tragos
Deambulou por praças por esquinas

Fugiu da peste e da melancolia
Livre se quis e não servo dos fados
Diurno se quis – porém a luzidia
Noite assombrou os olhos dilatados

Reflectindo o tremor da luz nas margens
Entre ruelas vê-se ao fundo o rio
Ele o viu com seus olhos de navio
Atentos à surpresa das imagens

Sophia Andresen

Com facilidade o aluno identificará nos versos de Sophia a referência a aspetos (quer de conteúdo quer de forma) já estudados em aulas antecedentes como caracterizadores ou recorrentes na poesia de Cesário. Esta identificação deverá propiciar o reconhecimento posterior de tais temas, motivos, marcas de linguagem ou estilo como aqueles que justamente Sophia – e, de uma forma mais generalizada, as gerações literárias subsequentes ao poeta – valorizaram nos seus textos e determinaram a sua perspetivação como iniciadora de uma conceção poética *outra*, de rutura com o passado. Não deverá, pois, surpreender o aluno que seja a nova matéria poética, a realidade comezinha descrita em versos de uma linguagem chã até então interdita na escrita literária ou uma criação artística construída a partir de um olhar que privilegia o mundo exterior e se mostra, por conseguinte, despojada de artificialismos de expressão sentimental do *eu* (sempre detendo, quase sem exceção, lugar de privilegiado relevo numa tradição literária nacional) que Sophia enfatize enquanto representante de uma poesia contemporânea[45].

Em contrapartida, Sophia, cuja poética, como a de Cesário, recusa o confessionalismo e antes dilui a presença do *eu* em versos em que o real é *figura* primeira, não nota apenas esse «falar claro falar limpo falar rente» e antes sublinha «A nítida pupila» que «se alucina» ou «os olhos dilatados» que «a luzidia /Noite assombrou». Servirão estes versos para dar a conhecer ao aluno um aspeto que cremos ser de sublinhar em Cesário e explicará por-

---

[45] Corroborando a opinião de Jacinto do Prado Coelho num estudo intitulado «Verso e frase em O Sentimento dum Ocidental» (publicado em *A Letra e o Leitor*, ano de 1977, pp. 143-148), Seabra Pereira, nota o «ascendente» potencialmente exercido por Cesário na «poesia portuguesa contemporânea» visível «na consciência metapoética, no labor artífico, na proscrição dos reducionismos egotistas ou emancipalistas, na riqueza dos valores perceptivos e dos registos de linguagem» (Pereira, 2004: 89).

ventura a sua permanência nos atuais programas do Ensino Secundário – a inclusão nos seus textos de motivos ou técnicas processuais que haveriam de ser reabilitadas ou adotadas pelos poetas surrealistas no século XX, justificando uma valorização e um reconhecimento ainda hoje enfatizados no meio literário português.

Considerando a constituição de um Grupo Surrealista de Lisboa em 1947 e destacando Mário Cesariny de Vasconcelos e António Maria Lisboa como «os mais legítimos representantes de um *surréalisme* português», Jacinto do Prado Coelho refere como processos característicos na obra destes e doutros poetas que os antecederam[46] o «recurso a uma técnica de completo ou semiautomatismo, o gosto do insólito» ou «a preferência pela metáfora dinâmica e transfiguradora» e reconhece o «fascínio» por estes exercido «em largo sector da poesia portuguesa contemporânea» (Coelho, 1992: 1036). Esta informação (acrescida de outras referências contextuais ou culturais consideradas relevantes pelo professor) conduziria o aluno a uma nova leitura de Cesário, permitindo-lhe a

---

[46] Edmundo de Bettencourt, António de Navarro, Adolfo Casais Monteiro ou Jorge de Sena, por exemplo.

identificação em diferentes passagens de poemas já estudados de uma visão transfiguradora da realidade que o aproximaria de outros criadores significativamente dele distanciados em termos temporais.

O exemplo mais paradigmático desta (re)criação imaginativa do real será o do poema «Num Bairro Moderno» – estrofes sete a doze – no qual o sujeito enunciador, descendo «sem muita pressa» para o emprego, imagina um robusto e gigantesco corpo maternal nos frutos e legumes na giga da hortaliceira por associação ou sugestão imediata da vitalidade e abundância reconhecidas no espaço campestre. Também a segunda estrofe da terceira parte – «Ao Gás» – de «O Sentimento dum Ocidental» em que as notações realistas dão antes lugar a expressivas ou imediatas *visões de poeta* ou *de artista*: «Cercam-me as lojas tépidas, Eu penso / Ver círios laterais, ver filas de capelas, / Com santos e fiéis, andores, ramos, velas, / Em uma catedral de um comprimento imenso.» (Verde, 1995: 101).

Apresentamos ainda a possibilidade de leitura do poema «Cesário Verde (variante sem burguesas)» de Nuno Júdice. Constituiria este texto mais um exemplo do rasto do poeta na contemporaneidade das letras portuguesas – neste caso, num autor também ele observador atento do real, inscrevendo nos seus textos *imagens* de um quotidiano que permanentemente suscita um olhar de reflexão sobre o mesmo, em versos e frases de construção cuidada onde cada palavra procura ser exata na expressão do que *se vê* ou *vivenciou*, o objetivo e o subjetivo se *entrelaçam*; instituir-se-ia essa leitura como um convite feito ao aluno no sentido de *partir à descoberta* de novos autores e *intertextualidades* outras susceptíveis de ampliar e enriquecer o *corpus* e o(s) sentido(s) dos nomes e obras estudados em sala de aula.

A inspiração nos versos do poema «De Tarde» reforçará no aluno o entendimento do poeta em estudo enquanto referência literária para as gerações que se seguiram por reconhecerem (e valorizarem) na sua obra um *discurso novo*, um *modo outro de ver* e de *dizer*. Também o alargamento do que possa considerar-se *matéria poética* abrindo *caminho(s)* a jogos verbais de maior ousadia e a textos que permanentemente buscam a originalidade na criação artística ou a descoberta de *novas imagens*...

Cesário Verde
(variante sem burguesas)
Naquele piquenique de deusas, serviram
ambrósia e sanduíches de cisne, com
molho de via láctea à mistura. Vénus,
de véu na cabeça, desatou-o; e os seus
cabelos derramaram-se pelo copo, para
que Vulcano se engasgasse, ao beber,
e Marte lhe batesse nas costas, fazendo
inchar mais ainda a sua corcunda. Mas
quando a pálida Diana, num crescente
de lua, tirou a saia, e os sátiros saíram
de dentro das pregas, todos olharam
para o lado, e foi a coisa mais bela da
merenda: os seus seios soltos, e os doces
melões, servidos na bandeja do céu.

Nuno Júdice

Ler, dizer ou simplesmente *ouvir* poesia parece-
-nos a homenagem mais apropriada a um (qual-

quer) poeta. A convocação dos versos de Júdice, Sophia ou Pessoa, nas *vozes* de Campos e Caeiro, afigura-se-nos uma forma justa de lembrar Cesário e desafiar o(s) aluno(s) a *encontrar o rasto* da sua poesia e do seu génio...

3. A Obra dos Impressionistas (*Em Diálogo* com Cesário)

Tem lugar no presente ponto a apresentação de alguns quadros constituintes do importante legado dos pintores do *café Guerbois* às gerações vindouras. Alguns, de entre os que a seguir se elencam, foram por nós referidos no anterior ponto **2.3. – A Representação Pictórica da Realidade: *intertextualidades*** do presente estudo; outros constituem (meras) sugestões de (novos) textos pictóricos passíveis de serem **lidos** em situação de aula pelo *diálogo* profícuo que permitem estabelecer com diferentes poemas de Cesário Verde previstos para lecionação na disciplina de Português.

Paisagens e elementos da Natureza, cenas campestres e a sua gente simples, a atmosfera cosmopolita e mundana da (nova) urbe industrializada com as suas construções elegantes e os seus bairros modernos, os largos passeios públicos, os locais de encontro e convívio social – cafés, bares, restaurantes e hotéis da moda, hábitos culturais e formas de entretenimento da burguesia nos seus momentos de lazer – a ópera, os bailes, as corridas nos hipódromos, a classe dos trabalhadores – artistas, artesãos, comerciantes, bailarinas, engomadeiras, operários, os vícios, a devassidão e a degradação moral, pequenos quadros do quotidiano doméstico e familiar, ... constituíram (alguns dos) temas e motivos da predileção dos impressionistas, criadores de uma pintura *en plein air*, também privilegiados por Cesário, poeta-pintor da ambiência citadina na Lisboa oitocentista e/ou do mundo rural na quinta de seus pais em Linda-a-Pastora.

Atentemos, pois, em algumas das criações mais representativas desse grupo de artistas que a crítica contemporânea apelidou depreciativamente de *impressionistas*. Agrupá-las-emos tomando como referência quatro temas principais: *Paisagens, Figuras, Atmosfera mundana e cosmopolita da (nova) urbe* e *Cenas familiares e domésticas*.

A(s) intertextualidade(s) a que convidam com diferentes poemas de Cesário – «Contrariedades», «A Débil», «Num Bairro Moderno», «Cristalizações», «Noite Fechada», «De Verão», «O Sentimento dum Ocidental», «De Tarde», «Em Petiz», «Nós», «Provincianas», ... – deverão ser devidamente ponderadas pelo professor e concretizadas em sala de aula atendendo a especificidades do grupo turma e a objetivos a atingir com a lecionação de cada sequência de ensino e aprendizagem do programa. As sugestões que apresentámos no ponto 2.3. poderão tomar-se como exemplo de um possível trabalho a desenvolver com os alunos neste âmbito.

3.1. Paisagens

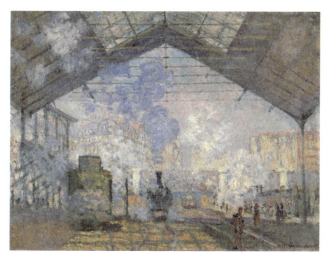

Fig. 1 – *A Gare de Saint-Lazare*, Claude **Monet**

«*O ambiente de vapor na estação de caminho-de-ferro foi um motivo interessante para o autor captar o instante fugaz da luz, expresso pela cor. A técnica de pinceladas miúdas e pastosas acentua as características pretendidas, fazendo lembrar as obras de Turner, considerado o precursor do Impressionismo.*» (Pinto, 2006: 719)

Fig. 2 – *Impressão: Sol Nascente*, Claude **Monet**

«*Este quadro serviu ao crítico de arte Leroy para atribuir, de modo satírico, o nome de Impressionismo à arte feita por estes autores. O próprio nome da obra indica que o que se pretendia expressar era o instante luminoso, fugaz e momentâneo, do nascer do Sol.*» (Pinto, 2006: 725)

Fig. 3 – *Le Boulevard Montmarthe*, Camille **Pissarro**

«*O ponto de vista aéreo, característico do Impressionismo, está aqui patente numa construção em perspectiva bem construída, que não é muito vulgar neste movimento. No entanto, a técnica pictórica continua a ser difusa.*» (Pinto, 2006: 725)

«*Os impressionistas foram os primeiros a pintar a cidade de Paris, reconstruída por Haussmann; era a cidade mais moderna da Europa. Não estavam apenas interessados em mostrar os recantos mais característicos, mas também em retratar a nova atmosfera proporcionada pela amplitude dos largos boulevards, os espaços que se tinham aberto e as cenas da vida urbana.*» (Salvi, 2000: 38)

Também Cesário foi observador atento de **paisagens** – citadinas ou campestres – e da *luz* que as *animava*, dando-lhes uma inflexão própria (e distinta) em cada momento...

«*E nesse rude mês, que não consente as flores, / Fundeiam (...) As árvores despidas. Sóbrias cores! (...) Negrejam os quintais, enxuga a alvenaria; / Em arco, sem as nuvens flutuantes, / O céu renova a tinta corredia; / E os charcos brilham tanto, que eu diria, / Ter ante mim lagoas de brilhantes!*» in «Cristalizações» (Verde, 1995: 70 e 71)

«*No campo; eu acho nele a musa que anima: / A claridade, a robustez, a acção. (...) Que aldeias tão lavadas! Bons ares! Boa luz! Bons alimentos! (...) Numa colina azul brilha um lugar caiado. / Belo! (...) ao lado / Verdeja, vicejante, a nossa vinha.*» in «De Verão» (Verde, 1995: 92 e 93)

«*Pinto quadros por letras, por sinais, / Tão luminosos como os do Levante, / Nas horas em que a calma é mais queimante, / Na quadra em que o Verão aperta mais. // Como destacam, vivas, certas cores, / Na vida externa cheia de alegrias!*» in «Nós» (Verde, 1995: 125)

«*Olá! Bons dias! Em Março, / Que mocetona e que jovem / A terra! (...) Como amanhece! Que meigas / As horas antes de almoço! (...) Toda a paisagem se doura; / Tímida ainda, que fresca!*» in «Provincianas» (Verde, 1995: 137)

3.2. Figuras

Fig. 4 – *Raspadores de soalho*, Gustave **Caillebotte**

«*Os pobres também começaram a atrair a atenção dos pintores. Os que exerciam trabalhos modestos necessários à vida das cidades modernas – as criadas, as engomadeiras, os raspadores de soalho – tornaram-se assim protagonistas dos quadros dos impressionistas.*» (Salvi, 2000: 26)

Fig. 5 – *O Absinto*, Edgar **Degas**

«*O ponto de vista superior e o enquadramento fotográfico da cena reforçam o clima de abandono das personagens.*» (Pinto, 2006: 727)

Diferentes **figuras** ficaram igualmente inscritas na *tela-papel* de Cesário...

«(...) *Ali defronte mora / Uma infeliz, sem peito, os dois pulmões doentes; / Sofre de faltas de ar, morreram-lhe os parentes / E engoma para fora.*» in «*Contrariedades*» (Verde, 1995: 57)

«*E rota, pequenina, azafamada, / Notei de costas uma rapariga, / Que no xadrez marmóreo duma escada, / Como um retalho de horta aglomerada, / Pousara, ajoelhando, a sua giga.*» in «*Num Bairro Moderno*» (Verde, 1995: 65)

«*Faz frio. (...) De cócoras, em linha, os calceteiros, / Com lentidão, terrosos e grosseiros, / Calçam de lado a lado a longa rua. (...) De escuro, bruscamente, ao cimo da barroca, / Surge um perfil direito que se aguça. (...) A actriz que tanto cumprimento / E a quem, à noite na plateia, atraio / Os olhos lisos como polimento!*» in «*Cristalizações*» (Verde, 1995: 69 e 72)

«*Vazam-se os arsenais e as oficinas; / Reluz, viscoso, o rio; apressam-se as obreiras; / E num cardume negro, hercúleas, galhofeiras, / Correndo com firmeza, assomam as varinas.*» in «*O Sentimento dum Ocidental*» (Verde, 1995: 98)

3.3. Atmosfera mundana em finais de oitocentos: locais e eventos de convívio social

Fig. 6 – *Dia chuvoso em Paris*, Gustave **Caillebotte**

«*Os passeios da burguesia eram um dos temas preferidos pelos pintores impressionistas. São retratos de homens e mulheres, grupos familiares ou de gente solitária, ambientados pelo pano de fundo proporcionado pelas novas praças da cidade e pelos amplos boulevards (...).*» (Salvi, 2000: 38)

Fig. 7 – *Almoço na Relva*, Édouard **Manet**

«Neste quadro, que provocou escândalo na época, o autor pôs em evidência os contrastes luminosos conseguidos com as vestes escuras dos homens e os tons pastel da carnação do modelo feminino.» (Pinto, 2006: 723)

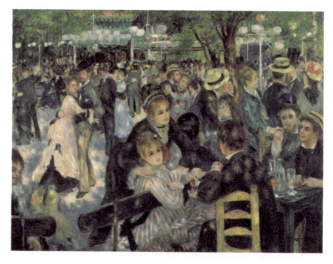

Fig. 8 – *Le Moulin de la Gallette*, Pierre-August **Renoir**

«*Renoir levava a tela para o Moulin e pintava o "ambiente". (...) Usava pinceladas pequenas, brilhantes e coloridas, jogando com os efeitos luminosos criados pelas folhas das árvores e colocando as figuras livremente. Num "instantâneo" cheio de vitalidade e colorido representou toda a animação e perfume das diversões parisienses.*» (Salvi, 2000: 50)

Cesário foi um verdadeiro *repórter do quotidiano* e a sua objetiva parece ter captado sucessivos **quadros da vida *moderna*** nessa Lisboa oitocentista...

«*Dez horas da manhã; os transparentes / Matizam uma casa apalaçada; / Pelos jardins estancam-se as nascentes, / E fere a vista, com brancuras quentes, / A larga rua macadamizada. (...) Como é saudável ter o seu conchego, / E a sua vida fácil!*» in «*Num Bairro moderno*» (Verde, 1995: 64)

«*De um couraçado inglês vogam os escaleres; / E em terra num tinir de louças e talheres / Flamejam, ao jantar, alguns hotéis da moda. (...) Triste cidade! (...) Aos lampiões distantes, / Enlutam-me, alvejando, as tuas elegantes, / Curvadas a sorrir às montras dos ourives.*» in «*O Sentimento dum Ocidental*» (Verde, 1995: 98 e 100)

«*Naquele pic-nic de burguesas, / Houve uma coisa simplesmente bela, / E que, sem ter histórias nem grandezas, / Em todo o caso dava uma aguarela.*» in «*De Tarde*» (Verde, 1995: 106).

3.4. Cenas familiares e domésticas

Fig. 9 – *A Leitura*, Berthe **Morisot**

Fig. 10 – *O Berço*, Berthe **Morisot**

«*Características desta autora são as pinceladas largas feitas em delicados tons, que atribuem às obras uma subtileza feminina.*» (Pinto, 2006: 727)

Os **interiores domésticos** – apenas entrevistos, sumariamente descritos ou saudosamente evocados – têm também representação na *palavra(imagem) poética* de Cesário...

«*Rez-de-chaussée repousam sossegados, / Abriram-se, nalguns, as persianas, / E dum ou doutro, em quartos estucados, / Ou entre a rama dos papéis pintados, / Reluzem, num almoço, as porcelanas. (...) Um pequerrucho rega a trepadeira / Duma janela azul (...)*» in «Num Bairro Moderno» (Verde, 1995: 64 e 67)

«*O quadro interior, dum que à candeia, / Ensina a filha a ler, meteu-me dó!*» in «Noite Fechada» (Verde, 1995: 83)

«*Os querubins do lar flutuam nas varandas (...)*» in «O Sentimento dum Ocidental» (Verde, 1995: 98)

«*Então recordo a paz familiar, / Todo um painel de pacíficos enganos!*» in «Nós» (Verde, 1995: 125)

A *interação entre o verbal e o visual* que propomos – partindo, num primeiro momento de criações com temas e/ou motivos comuns – deverá concorrer para um desenvolvimento **progressivo** das competências de leitura do aluno. Perspetivando poemas e quadros enquanto **textos** que aguardam a interpretação do leitor, nos primeiros – *textos verbais* –, o aluno saberá já identificar a presença de recursos expressivos vários, contemplando aspetos referentes a rima, ritmo, pontuação, classes de palavras e/ou figuras de estilo enquadradas em distintos níveis de linguagem – fónico, morfossintático e semântico (todos concorrendo para esse ***poder sugestivo da palavra*** e a configuração de uma dimensão estética que os distingue de outros textos); nos segundos – *textos **pictóricos** –, será desafiado a descobrir **distintos elementos de significação** como cores e formas, desenho, (jogos de) luz e sombra, composição, perspetiva (presença ou ausência), proporção (respeito ou desrespeito), gestos e linguagem corporal (de figuras representadas) e/ou objetos (e simbologia associada)... Tomará o aluno consciência de que uns e outros *textos* exigem a **descodificação** de *signos* próprios e a interpretação de *linguagens* estéticas distintas. Reconhecerá – no caso concreto dos autores em estudo e *lidos* **em diálogo** – uma intenção artística comum: a de experimentar e buscar nova(s) técnica(s) de apreensão do que nos rodeia e a de inscrever o quotidiano e a *vida moderna* nas suas criações.

É, de facto, a representação de uma **nova realidade** – mais espontânea, mais natural, mais *fervilhante* de vida – que encontramos nas telas dos impressionistas e nos versos do autor de «O Sentimento dum Ocidental». Subjaz a essa representação um *olhar outro* sobre o mundo e, sobretudo, uma **conceção diferente de arte** – liberta dos convencionalismos tradicionalistas e academistas. Os quadros dos primeiros e os poemas do último foram – pelo seu cariz inovador – *rejeitados* e incompreendidos pelo público da época cujo gosto artístico (ainda fortemente arreigado a uma ideia de *tradição*) não permitiu a sua apreciação imediata. O tempo encarregar-se-ia, porém, de lhes restituir o mérito devido e um reconhecimento merecido da sua obra.

CONCLUSÃO

O estudo a que inicialmente procedemos dos Programas de Português, Literatura e Língua Portuguesas permitiu apurar algumas conclusões que cremos merecedoras de reflexão em torno da presença de Cesário Verde (e também da Leitura Literária) nos *Curricula* do Ensino Secundário num período temporal que medeia entre a Reforma de 1989 e a Revisão Curricular de 2001.

Começamos por notar que, quer nos programas homologados em 91 quer nos ajustados em 97, o estudo do texto literário é privilegiado relativamente a outros tipos de texto que, embora abordados, não se sobrepõem ao primeiro. A Leitura Literária – mais aprofundada, no Programa de Português A, ou de menor exigência, no Programa de Português B, em termos de um domínio de conceitos no âmbito da Teorização ou da História Literárias – detém sempre o lugar de primazia na aula de Português. Quanto a Cesário Verde, é-lhe atribuído um lugar de relevo no panorama literário português do século XIX. Quer nos ajustamentos feitos na disciplina de Português B (relativamente à disciplina de Português A) quer nos dos programas de 97 (relativamente aos programas de 91), o poeta permanece no elenco dos autores e obras em estudo. Num plano de estudos criado no âmbito da Revisão Curricular de 2001, Cesário Verde continua a fazer parte do cânone literário escolar, integrando um reduzido *corpus* de leituras para cuja constituição foram selecionados *alguns textos de reconhecido mérito literário*. "Resistiu" quando muitos outros (que desde há muito constavam nos *curricula* do Secundário como matéria obrigatória – Fernão Lopes, Gil Vicente, Bocage ou Camilo Castelo Branco...) deixaram de figurar nos programas vigentes nas nossas Escolas. No entanto, tal como é apresentada, a poesia de Cesário Verde (e a Leitura Literária em geral) surge diluída num vasto conjunto de tipologias textuais muito diversificadas que privilegiam o desenvolvimento de competências linguísticas. Sem qualquer referência a uma dimensão histórico-cultural, a poesia de Cesário Verde é implicitamente colocada num mesmo patamar de qualquer outro texto em estudo na sequência de aprendizagem correspondente. Os programas do Ensino Recorrente Noturno sublinham as diferenças existentes entre os programas de 91 – depois ajustados em 97 – e os que surgem com a Revisão Curricular de 2001 em termos de uma filosofia ou ideologia orientadora. O relevo concedido ao texto literário e a importância reconhecida à convocação de informação contextual e cultural no seu estudo são substituídos pela inclusão nos programas vigentes desde 2003/2004 de tipologias textuais de acentuada dimensão praxiológica que, colocadas num mesmo patamar do texto literário, visam essencialmente o desenvolvimento de competências linguísticas no aluno.

A proposta de Leitura da Poesia de Cesário Verde que seguidamente apresentámos procurou incidir em aspectos que considerámos menos valorizados e/ou não contemplados nos programas vigentes desde a implementação da Revisão Curricular de 2001.

Assim, começámos por privilegiar uma abordagem didático-pedagógica centrada num enquadramento histórico e estético-literário de alguns textos da maturidade poética de Cesário – com particular incidência em «Num Bairro Moderno», «Cristalizações» e «O Sentimento dum Ocidental» por serem habitualmente os mais estudados neste contexto escolar – considerando que a convocação de informação contextual e cultural precisa e de rigor científico no âmbito de áreas de estudo como a História ou a História Literária se impõe numa análise do texto literário com o aprofundamento e a qualidade que deverão ser exigidos *ao* e *pelo* professor no nível de escolaridade a que nos reportamos.

A aproximação da poesia de Cesário (ou a sua leitura em intertextualidade) a uma técnica pictural dos poetas impressionistas foi por nós sugerida por nela entendermos a possibilidade de um estudo mais enriquecido (e, eventualmente, mais apelativo) dos versos que Silva Pinto reuniu em **O Livro de Cesário Verde**, realçando uma vertente mais estética e passível de educar o aluno no sentido de uma consciencialização da literatura como sistema semiótico plurissignificativo em interacção com outras expressões ou manifestações de arte. Enfatizamos mesmo a importância de ler a poesia de Cesário numa dimensão intertextual com a pintura, não só por considerarmos que a primeira, sem incluir o diálogo com a segunda, muito redutora seria em termos de sugestão do seu real valor enquanto criação literária e artística mas também por entendermos que a aula de Português, mediante o estudo do texto literário, deverá propiciar ao aluno o desenvolvimento de uma sensibilidade estética que cremos ter vindo a ser menos enfatizada nos atuais *curricula* do Ensino Secundário[47].

Mas, se a literatura – e a poesia de Cesário em particular – não surge isolada de outras formas de arte que naturalmente com ela *dialogam*, também as produções dos diversos autores e obras que a concretizam interagem com sucessivas criações que as antecedem, que lhes são coetâneas e/ou lhes são subsequentes. E também neste âmbito a poesia de Cesário promove ou apela a leituras em *intertextualidade* com movimentos estético-literários que principiariam a surgir a partir das primeiras décadas do século XX. Por este motivo propusemos o finalizar de um estudo de Cesário Verde em contexto escolar do Ensino Secundário pondo a tónica na admiração discipular e na homenagem que outros poetas de gerações posteriores lhe viriam a prestar. Pretendeu-se que a convocação ou a leitura em sala de aula de textos de alguns destes nomes fosse preferencialmente *pretexto* (e não motivo de análises aprofundadas relegan-

---

[47] De forma mais acentuada no aluno com um currículo de estudos mais vocacionado para o aperfeiçoamento de competências no domínio de áreas científicas e tecnológicas, integrando disciplinas que em menor escala contemplarão uma formação humanista, cultural e/ou artística.

do ou fazendo esquecer o autor em estudo na sequência de ensino-aprendizagem a lecionar) para suscitar no aluno a reflexão em torno do papel de merecido relevo que cabe a Cesário no panorama das Letras nacionais por uma obra cuja modernidade ainda hoje se reconhece e enfatiza. No entanto, cremos, a apreensão de um tal papel ou dimensão simultaneamente **renovadora** – em termos de uma conceção poética tradicional – e **inovadora** – em termos de antecipação, nos anos 70 e inícios dos 80, a movimentos artísticos que o fim de século e primeiras décadas do seguinte consagrariam – só fundamentada e criticamente se realizará por parte do aluno se este estiver de posse de informação cultural adequada, que o professor não deverá coibir-se de transmitir por receio de incorrer em *contextualizações excessivas e prolongadas*. A informação contextual e cultural que propusemos procurou ter por objetivo um estudo com o rigor e o aprofundamento a exigir para a formação de um aluno competente como leitor, propiciando-lhe uma fruição literária e estética mais enriquecida dos textos poéticos em análise. Não nos coibimos de convocar essa informação – ou textos de outras áreas de estudo como a História, a História Literária ou a pintura – sempre que a considerámos relevante para promover uma educação literária séria e conscientemente assumida do aluno. Se no ponto 1. do presente estudo considerámos que a inclusão de Cesário Verde nos programas em vigor nas nossas escolas se poderia explicar pela modernidade da sua obra (muito em particular por antecipações de traços do Surrealismo lidas hoje nos seus versos), acrescentamos agora que a entendemos também por uma menor densidade (em termos de reflexão filosófica, por exemplo) relativamente à de outros poetas coevos (Antero de Quental será o caso mais paradigmático).

A nossa opção pelo estudo de um autor de *reconhecido mérito* nos novos Programas de Literatura Portuguesa e de Língua Portuguesa prendeu-se com o facto de pretendermos ilustrar como se poderão adotar metodologias de análise literária que promovam *competências* de comunicação e de leitura sem preterir a aquisição de *saberes* que contribuem para o aperfeiçoamento das primeiras e tornam o texto em estudo mais rico e pleno de significado(s) para o aluno.

Ler Cesário Verde (no Ensino Secundário) pretende ser, por conseguinte, tão-só uma proposta de abordagem em contexto escolar da Obra Poética do autor de inesquecíveis textos como «Num

Bairro Moderno», «De Tarde» ou «O Sentimento dum Ocidental» que convida a um *outro olhar* sobre a mesma. Um *olhar* que – entre outros *caminhos* apontados – privilegia o *diálogo* entre poesia e pintura daquele que um dia escreveu **Pinto quadros por letras, por sinais**...

BIBLIOGRAFIA

I. De Cesário Verde
VERDE, Cesário (1995). *O Livro de Cesário Verde*. 4.ª ed., Biblioteca Ulisseia de Autores Portugueses [Introdução de Maria Ema Tarracha Ferreira].
A Introdução, de Maria Ema Tarracha Ferreira, apresenta uma divisão em três partes: *I. Biografia, II. Inserção do poeta na sua época* e *III. O Livro de Cesário Verde*. Esta estudiosa, sem deixar de notar a sua integração nas correntes estético-literárias mais representativas de finais de oitocentos, releva a extrema originalidade da obra poética de Cesário Verde – incompreendida pelos contemporâneos e apenas valorizada pela crítica literária vindoura. *O Livro de Cesário Verde* respeita a estrutura da edição (primeira) de Silva Pinto, dividindo-se, por conseguinte, em duas secções intituladas *Crise Romanesca* e *Naturais*. Acrescentam-se aos vinte e dois poemas aqui reunidos quinze *Poesias Dispersas* por se considerar o seu interesse para o estudo da evolução poética do autor.

II. Didática e Teoria da Literatura. Outras
BARREIROS, António José (1992). *História da Literatura Portuguesa – séc. XIX-XX*. 13.ª ed., Braga: Livraria Editora Pax, v.2.

Obra centrada no estudo dos autores (e textos) representativos das diferentes épocas e distintos períodos da nossa história literária. Este volume reúne vários capítulos agrupados em três (grandes) secções: a Época Moderna – o Romantismo, a Época Moderna – o Realismo e a Época Contemporânea. Cesário Verde estuda-se num capítulo intitulado *A Reação Parnasiana* (pp.298-306) e inserido na segunda das secções anteriores. António José Barreiros destaca *dados biográficos, obras, temas* e aspetos de *forma e estilo* na obra poética do autor de conhecidos textos como «Num Bairro Moderno», «Cristalizações» ou «O Sentimento dum Ocidental».

BAUDELAIRE, Charles (1998). *As Flores do Mal*. Trad. Fernando Pinto do Amaral. 4.ª ed., Lisboa: Assírio & Alvim.
Edição bilingue. Apresenta um prefácio, uma cronologia biográfica e notas de Fernando Pinto do Amaral. O livro divide-se em sete sequências, respetivamente intituladas *Ao Leitor, Spleen e Ideal, Quadros Parisienses, O Vinho, Flores do Mal, Revolta* e *A Morte*. Inclui uma oitava e última sequência que reúne seis poemas condenados e extraídos da coletânea pelo tribunal correcional no ano de 1857. O prefácio sublinha a inovação estilística, a renovação da linguagem, os motivos e

temas recorrentes na escrita baudelairiana que convidam a uma leitura mais esclarecida dos textos que se lhe seguem.

BERNARDES, José Augusto Cardoso (2005). *A Literatura no Ensino Secundário. Outros Caminhos*. Porto: Areal Editores.
Ensaio estruturado em torno de duas partes principais: os *Caminhos de Teoria* (Primeira Parte) e os *Caminhos de Prática* (Segunda Parte). Após a reflexão em torno dos *excessos* do passado e o reconhecimento do presente como um tempo de *expiação*, J. A. Cardoso Bernardes pondera um itinerário *futuro* (que clarifica mediante a apresentação de um diversificado conjunto de propostas de abordagem de autores de reconhecido mérito: Gil Vicente, Camões, Torga e Sophia) na didática da leitura literária em contexto escolar. Os *(outros) caminhos* que propõe orientam-se no sentido de corrigir a subalternização da literatura nos atuais *curricula* do Ensino Secundário. A sua leitura mostra a imperiosidade de se (re)abrir hoje o diálogo em torno da utilidade desta disciplina na formação dos nossos jovens e adolescentes.

BUESCU, Helena, DUARTE, João Ferreira e GUSMÃO, Manuel (orgs) (2001). *Floresta Encantada. Novos*

Caminhos da Literatura Comparada. Lisboa: Publicações Dom Quixote. Coletânea de (vinte e dois) textos de autores *portadores de diferentes culturas*, versando assuntos e/ou colocando questões no domínio desse campo de estudos internacional e (progressivamente mais) abrangente que é hoje a Literatura Comparada. *Literatura e História, Géneros Literários, Estudos de Recepção, Estudos de Identidade, Estudos de Tradução, Estudos Pós-Coloniais* e *Estudos Interartes* são (apenas) alguns dos temas merecedores de atenção particular neste volume. Merece referência – pela sua relevância para um aprofundar de conhecimentos nas matérias abordadas – a bibliografia que finaliza cada um dos estudos apresentados.

COELHO, Jacinto do Prado (dir.) (1992). "**Verde**, José Joaquim **Cesário**" in *Dicionário de Literatura*. 4.ª ed., Porto: Figueirinhas, v.4, pp.1139-1141.
Privilegia características temáticas e estilístico-formais que mostram, a um tempo, a aproximação da obra de Cesário a autores (nacionais e estrangeiros) e correntes (literárias ou artísticas) da época e a originalidade dos seus versos – sobretudo a partir da *maturidade poética* –, tornando-o, na perspetiva de Jacinto do Prado Coelho, também um percursor da *modernidade* nas Letras portuguesas.

CUMMING, Robert (1995). *Comentar a Arte*. Porto: Editora Civilização.
Obra concebida com o propósito de *guiar o leitor no mundo da arte*. Num capítulo inicial – *Ver Quadros* – esboçam-se, em jeito de introdução, seis *diretrizes* orientadoras do processo de *leitura* da criação artística no domínio da pintura, a saber: o *tema*, a *técnica*, o *simbolismo*, o *espaço* e a *luz*, o *estilo histórico* e a *interpretação pessoal*. Estas diretrizes são depois desenvolvidas e/ou mais aprofundadamente explanadas nos comentários dos capítulos seguintes – dedicados à interpretação de alguns dos quadros (quarenta e cinco no total) *mais famosos do mundo*. Poder-se-ão destacar, entre estes, *A Adoração dos Reis Magos* de Giotto, *O Baptismo de Cristo* de Piero della Francesca, *O Nascimento de Vénus* de Sandro Botticelli, *Mona Lisa* de Leonardo da Vinci, *As Meninas* de Velázquez, *Os Fuzilamentos do 3 de Maio de 1808* de Goya, *O Atelier do Pintor* de Courbet, *Outono en Argenteuil* de Monet ou *Guernica* de Pablo Picasso. Assim nos apresenta Robert Cumming obras-primas de cada época, ilustrando a evolução da pintura desde o século XIV até ao Modernismo. O volume inclui reproduções de grande formato que possibilitam a exploração de *pormenores* nos diferentes quadros.

PEREIRA, José Carlos Seabra (2004). *História Crítica da Literatura Portuguesa [do Fim-de-Século ao Modernismo]*. 2.ª ed., Lisboa/São Paulo: Editorial Verbo, v.VII. O segundo capítulo – intitulado *Cesário Verde e o Destino do Modelo Realista* – inclui seis *textos doutrinários* e nove *textos críticos*. Os primeiros – integrando poemas e cartas de Cesário – ilustram diferentes temáticas, a saber: *As confrontações matriciais da modernidade poética, Criação poética e funcionamento institucional do campo literário, Representação e imaginação transfiguradora, Memória afetiva e pintura em poesia, O ideal de uma nova síntese artística, Relações literárias e auto-avaliação*. Os segundos, da autoria de João Pinto de Figueiredo, David Mourão-Ferreira, Jacinto do Prado Coelho, Joel Serrão, Helder Macedo, Luís Amaro de Oliveira, Margarida Vieira Mendes, Óscar Lopes e Eduardo Lourenço, incidem em motivos recorrentes na poesia de Cesário e/ou num respetivo enquadramento face a movimentos principais da literatura portuguesa. Merece ainda destaque, no mesmo capítulo, a Introdução – colocando a tónica na *singularidade do destino literário* do poeta Cesário Verde –, seguida de ampla e atualizada bibliografia passiva sobre o autor e a sua obra.

PINTO, Ana Lídia, MEIRELES, Fernanda e CAMBOTAS, Manuela Cernadas (2006). *História da Arte Ociden-*

tal e Portuguesa, das Origens ao Final do Século XX. 2.ª ed., Porto: Porto Editora. Obra de síntese das diferentes épocas, períodos e movimentos (sua evolução, características principais, diferenças e semelhanças, obras e autores mais representativos, ...) numa história ocidental da Arte. Distingue-se pelo rigor teórico da informação (ainda que clara e acessível a um público heterogéneo e não *especialista*) e pela qualidade das reproduções iconográficas que contém. Inclui cronologias de textos complementares e glossários de termos específicos. A arte portuguesa – sempre perspetivada na sua (inter)relação com a restante arte europeia – é alvo de uma atenção particular num volume cuja estrutura distingue dez partes principais com as designações seguintes: *A Arte Pré-Histórica, A Arte na Antiguidade Oriental, A Arte na Antiguidade Clássica, A Arte Medieval I (do século V ao século XII), A Arte Medieval II – o Gótico e o Manuelino, A arte do Renascimento e do Maneirismo, A Arte na Idade Moderna: O Barroco e o Rococó, A Arte no século XIX – Neoclassicismo, Romantismo e Realismo, A Arte europeia na segunda metade do século XIX até à Primeira Grande Guerra (c. 1850-1914), Os caminhos da Arte no século XX*. Em capítulo intitulado *A Revolução Impressionista* destacam-se autores, inovações científicas (sobre a cor e a perceção) e técnicas nos seus quadros mais representativos, temas e motivos principais, influências e modelos e um respetivo enquadramento no contexto histórico, cultural e artístico em que tem lugar este novo tipo de pintura.

SARAIVA, António José e LOPES, Óscar (1995). *História da Literatura Portuguesa*. 17.ª ed., Porto: Porto Editora. Volume dedicado ao estudo de diferentes épocas e autores (mais representativos) da *história da literatura portuguesa*. Além de uma *Introdução Geral* com dois capítulos (o primeiro dedicado a *reflexões preliminares* sobre *crítica e história literária* e *literatura, cultura, nacionalidade*; o segundo centrado nas *origens e evolução da língua portuguesa*), apresenta uma divisão em sete partes (ora relevando autores, ora destacando movimentos e períodos culturais e/ou artísticos na nossa produção literária): *1.ª Época – Das Origens a Fernão Lopes, 2.ª Época – De Fernão Lopes a Gil Vicente, 3.ª Época – Renascimento e Maneirismo, 4.ª Época – Época Barroca, 5.ª Época – O Século das Luzes, 6.ª Época – O Romantismo, 7.ª Época – Época Contemporânea*. O estudo de Cesário Verde surge em capítulo intitulado *Poetas Realistas e Parnasianos* (pp.913-934). Enfatiza-se o poeta, *quase sem precedentes nem continuadores entre nós*, capaz de exprimir um mundo novo, *até então realmente desconhecido da poesia*.

SALVI, Francesco (2000). *Os Impressionistas. As Origens da Pintura Contemporânea*. Porto: Porto Editora [Título original: *Gli Imprissionisti*, Florença, *DoGi spa*, Itália].
Obra incidente na história do *Impressionismo*, apresentando os protagonistas, os lugares, os temas, as exposições, o legado, ... e incluindo uma síntese cronológica de eventos mais significativos do período e/ou de obras mais representativas. Identifica os museus e as galerias onde se poderão observar as coleções mais importantes deste *movimento*. Cada um dos artistas constituintes do grupo do *Café Guerbois* merece atenção particular nas páginas 46 a 61 – onde se destacam, entre outros aspectos, a biografia, a apresentação e a *leitura* de uma obra fundamental e a reprodução de outras pinturas significativas no conjunto da(s) sua(s) criação(ões). As ilustrações são de L.R. Galante e de Andrea Ricciardi.

SPROCCATI, Sandro (dir.) (1999). *Guia de História da Arte – Os artistas, as obras, os movimentos do século XIV aos nossos dias*. 4.ª ed., Lisboa: Editorial Presença.
Obra de referência para o conhecimento da História da Arte e – conforme no-lo indica o título – para a identificação dos criadores e obras principais num período temporal que medeia entre os alvores do Renascimento e a atualidade. Distingue-se pela informação rigoro-

sa e pela qualidade das reproduções (nos domínios da pintura, da escultura, ...) que apresenta.

III Sobre Cesário Verde
FIGUEIREDO, João Pinto de (1986). *A Vida de Cesário Verde*. 2.ª ed., Lisboa: Editorial Presença.
Modesto esboço biográfico, na opinião do autor, dada a escassez de documentação (correspondência, escritos íntimos, fotografias, ...) existente a respeito do poeta, propositadamente intitulado *A Vida de Cesário* – em vez de *Vida e Obra* – para relevar a coincidência de ambas no autor de «O Sentimento dum Ocidental». Importante estudo para a compreensão e a apreciação de Cesário, já que – como nota David Mourão-Ferreira no Prefácio – João Pinto de Figueiredo não se limita (graças a uma investigação escrupulosa) *a descobrir e revelar novas pistas* sobre a sua vida e obra e parte *para a proposta de inovadoras interpretações* dos textos que nos legou. Complementa-o uma Antologia – também da responsabilidade de David Mourão-Ferreira – constituída por alguns dos mais célebres poemas de Cesário Verde.

MACEDO, Helder (1999). *Nós – Uma Leitura de Cesário Verde*. 4.ª ed., Lisboa: Editorial Presença.
Obra fundamental para um conhecimento (mais) aprofundado da poesia de Cesário Verde e apresentada

pelo autor – em nota à 1.ª edição (1975) – como *a versão portuguesa* da sua tese de doutoramento na Universidade de Londres. Apresenta, de um ponto de vista da sua estrutura interna, uma divisão em nove capítulos – nos quais, em função da(s) temática(s) privilegiada(s) em cada um, Helder Macedo analisa diferentes poemas de Cesário, designadamente «Setentrional», «Esplêndida», «Deslumbramentos», «Frígida», «A Débil», «Humilhações», «Contrariedades», «Num Bairro Moderno», «Em Petiz», «De Verão», «De Tarde», «Cristalizações», «O Sentimento dum Ocidental», «Nós» e «Provincianas». O método crítico privilegiado por este estudioso foi o da formulação de perguntas à obra do poeta, partindo de uma caracterização prévia do contexto histórico e ideológico em que a mesma se insere. Merecem também destaque *as correspondências* que (conscientemente) Helder Macedo não se coibiu de sugerir entre *a poesia de Cesário e o seu tempo* e *a leitura crítica dessa poesia e o seu tempo*.

MÓNICA, Maria Filomena (2007). *Cesário Verde. Um Génio Ignorado*. Lisboa: Alêtheia Editores.
Sem a pretensão de proceder a uma crítica literária especializada ou a análises técnicas e aprofundadas dos versos de Cesário, Maria Filomena Mónica é autora de um estudo (apoiado numa vasta bibliografia) que cha-

ma a atenção para o enquadramento (importante) do poeta no contexto histórico e cultural em que viveu. *Cesário Verde. Um Génio Ignorado*, cuja estrutura interna compreende quatro parte principais – *A Vida, A Poesia, Os Poetas da sua geração* e *O País* –, proporciona um *olhar mais esclarecido* sobre a obra do poeta e convida a (re) leituras mais fruídas da mesma.

PEREIRA, José Carlos Seabra (2005). "Verde (José Joaquim Cesário)" in *Biblos. Enciclopédia Verbo das Literaturas de Língua Portuguesa*. Lisboa/São Paulo: Editorial Verbo, v.5, pp. 691-699.
Ocupa-se das influências estético-literárias, da evolução artística, da(s) temática(s) dominante(s) – com destaque para a bipolaridade (ora mais *dialética*, ora mais *dicotómica*) de cidade e campo –, da realização estilística e versificatória – a respeito da qual é relevada a ótica pictural e, em especial, a técnica impressionista – na obra de Cesário Verde. A matriz romântica, da primeira fase, dá lugar, nos versos da maturidade poética, *a decisiva impregnação pela estética realista*. Seabra Pereira *lê*, porém, em Cesário um *Realismo insatisfeito e inquieto*, que não se compromete com os valores específicos do Naturalismo ou do Parnasianismo, e destaca *a originalidade e o prospetivismo* dos seus textos – nos quais reconhece *antecipações* de traços caracterizadores de

distintos movimentos da poesia portuguesa contemporânea. A Bibliografia reúne alguns dos mais importantes estudos (da autoria de Joel Serrão, Seabra Pereira, Jacinto do Prado Coelho, João Pinto de Figueiredo, Óscar Lopes, Eduardo Lourenço, Helder Macedo, David Mourão-Ferreira, Jorge de Sena e João Gaspar Simões, entre outros...) sobre Cesário Verde.

IV. Programas
COELHO, Maria da Conceição (coord.), SERÔDIO, Maria Cristina e CAMPOS, Maria Joana (2001). *Programa de Literatura Portuguesa, 10.º e 11.º anos, Curso Geral de Línguas e Literaturas*. Ministério da Educação – Departamento do Ensino Secundário.
Enquadrado no contexto da Revisão Curricular de 2001, em conformidade com o disposto no Decreto-Lei nº 74/2004, de 26 de março.

COELHO, Maria da Conceição (coord.) e CAMPOS, Maria Joana (2005). *Programa de Português dos Cursos Científico-Humanísticos, Cursos Tecnológicos e Cursos Artísticos Especializados do Ensino Recorrente de Nível Secundário, 10.º, 11.º e 12.º anos*. Ministério da Educação – Direcção Geral de Inovação e Desenvolvimento Curricular: Lisboa.

A lecionação da disciplina processa-se por Módulos de aprendizagem. É um documento adaptado a partir do programa elaborado, nos anos 2001 e 2002, para os Cursos Gerais e Tecnológicos do Ensino Regular Diurno.

Programa da disciplina de Literatura Portuguesa do Ensino Secundário Recorrente – Componente de Formação Científica (1996). Ministério da Educação – Departamento do Ensino Secundário.
A lecionação da disciplina processa-se por distintas Unidades Capitalizáveis – treze no total – incluindo conteúdos (autores e textos) respeitantes às diferentes épocas e períodos da nossa produção literária: desde a Idade Média até à Época Contemporânea.

Português – Organização Curricular e Programas do Ensino Secundário (1991). Ministério da Educação – Direcção Geral dos Ensinos Básico e Secundário, Imprensa Nacional – Casa da Moeda.
Enquadrados no contexto geral da Reforma Curricular de 1989, cujos princípios e orientações básicas se encontram definidos na Lei de Bases do Sistema Educativo e estão concretizados no Decreto-Lei n.º 286/89 (e em outros diplomas normativos). Aprovados pelo Despacho n.º 124/ME/91, de 31 de julho, publicado no Diário da República, 2.ª Série, n.º 188, de 17 de agosto de 1991.

Português A e B – Programas 10.º, 11.º e 12.º anos (1997). Ministério da Educação – Departamento do Ensino Secundário.

Incluem ajustamentos decorrentes das Orientações de Gestão dos Programas (OGP's) publicadas em julho de 1996. Estas OGP's, tendo como referência primeira os Programas homologados em 1991, são constituídas pela seleção e identificação de um núcleo significativo de objetivos e conteúdos, acrescido de um conjunto de indicações e sugestões metodológicas e/ou de estratégias/atividades a concretizar em sala de aula.

SEIXAS, João *et al.* (2001 e 2002). *Programa de Língua Portuguesa – 10.º, 11.º e 12.º anos dos Cursos Gerais e Cursos Tecnológicos (Formação Geral)*. Ministério da Educação – Departamento do Ensino Secundário.

Enquadrado no contexto da Revisão Curricular de 2001, em conformidade com o disposto no Decreto-Lei n.º 74/2004, de 26 de março. Homologado em maio de 2001, para o 10.º ano, e em março de 2002, para os 11.º e 12.º anos de escolaridade.